Esta edição possui o mesmo texto ficcional das edições anteriores.

O jogo do Camaleão
© Marçal Aquino, 1992

Coordenação editorial Kandy Saraiva
Edição Andreia Pereira

Gerência de produção editorial Ricardo de Gan Braga

ARTE
Narjara Lara (coord.), Nathalia Laia (assist.)
Projeto gráfico & redesenho do logo Marcelo Martinez | Laboratório Secreto
Capa montagem de Marcelo Martinez | Laboratório Secreto sobre ilustração de Veronica Nakazone
Editoração eletrônica Nathalia Laia

REVISÃO
Andreia Pereira

ICONOGRAFIA
Silvio Kligin (superv.), Cesar Wolf e Fernanda Crevin (tratamento de imagem)
Crédito da imagem Alice Aquino (p. 148); Divulgação (p. 150)

Dados Internacionais de Catalogação na Publicação (CIP)
(Câmara Brasileira do Livro, SP, Brasil)

Aquino, Marçal
  O jogo do Camaleão / Marçal Aquino. - 5. ed. - São Paulo : Ática,
2017. (Série Vaga-Lume)

  ISBN 978-85-08-18841-3

  1. Literatura infantojuvenil brasileira. I. Título. II. Série.

17-11250   CDD: 028.5

Índices para catálogo sistemático:

1. Literatura infantojuvenil 028.5
2. Literatura juvenil 028.5

CL 740247
CAE 624266

2022
5ª edição
4ª impressão
Impressão e acabamento: Vox Gráfica

editora ática

Direitos desta edição cedidos à Editora Ática S.A., 2017
Avenida das Nações Unidas, 7221
Pinheiros – São Paulo – SP – CEP 05425-902
Tel.: 4003-3061 – atendimento@aticascipione.com.br
www.aticascipione.com.br

IMPORTANTE: Ao comprar um livro, você remunera e reconhece o trabalho do autor e o de muitos outros profissionais envolvidos na produção editorial e na comercialização das obras: editores, revisores, diagramadores, ilustradores, gráficos, divulgadores, distribuidores, livreiros, entre outros. Ajude-nos a combater a cópia ilegal! Ela gera desemprego, prejudica a difusão da cultura e encarece os livros que você compra.

O Jogo do Camaleão

MARÇAL AQUINO

Série Vaga-Lume

editora ática

É jogo duro!

RICARDO NÃO CONHECIA o próprio pai e estava disposto a tudo para encontrá-lo. Por isso, fugiu de casa e partiu para Belo Horizonte, a fim de realizar seu sonho. Ao desembarcar na rodoviária, porém, a realidade se transforma num pesadelo. Uma quadrilha terrível espera pelo garoto...

O que é que os bandidos querem com ele? Como escapar dessa situação perigosa? É o que você vai saber lendo *O jogo do Camaleão*, uma verdadeira aventura policial, em que muitas surpresas sensacionais aguardam o leitor a cada novo capítulo.

Venha conhecer o misterioso e violento jogo do Camaleão — um homem de muitas faces e muitos segredos. Tenha a certeza de que você vai se deparar com muita ação e suspense, acompanhando a viagem de Ricardo, que começa daqui a poucas páginas.

sumário

Primeira parte — A viagem **13**

capítulo 1.
Um passageiro nervoso **15**

capítulo 2.
Apenas um bilhete de adeus **18**

capítulo 3.
Ricardo ganha um amigo **22**

capítulo 4.
Um homem chamado Camaleão **27**

capítulo 5.
O professor do crime **33**

capítulo 6.
Desembarque confuso **36**

capítulo 7.
Um garoto muito esperto **39**

capítulo 8.
A encomenda em segurança **42**

capítulo 9.
A aflição de Helena **46**

capítulo 10.
Ricardo na toca do Camaleão **49**

capítulo 11.
Sem saída **55**

capítulo 12.
Uma coleção de arrepiar **60**

Segunda parte — Um camaleão
tem muitas caras **65**

capítulo 13.
O menino errado **67**

capítulo 14.
Ouvindo conversa alheia **74**

capítulo 15.
Pimenta tem sabor ardido **79**

capítulo 16.
Alguém em casa? **86**

capítulo 17.
Rebelião na gangue **91**

capítulo 18.
Encontro no edifício JK **98**

capítulo 19.
Preparando uma armadilha **103**

capítulo 20.
Horas de espera **106**

capítulo 21.
A polícia sem pistas **112**

Terceira parte — O confronto **115**

capítulo 22.
A troca sobre o viaduto **117**

capítulo 23.
Um auxílio inesperado **127**

capítulo 24.
Nas mãos da justiça **130**

capítulo 25.
Uma surpresa para Ricardo **137**

Saiba mais sobre Marçal Aquino **148**

*Para Isabelle Koudsi Faustini, Hugo
Almeida, Sérgio Fantini e
José Joaquim Rocha Vieira.
E para Marília.*

Primeira parte
A viagem

1. Um passageiro nervoso

ERA JUNHO. O céu de São Paulo estava encoberto por nuvens escuras, que pareciam tornar ainda mais fria a manhã daquela sexta-feira.

No Terminal Rodoviário Bresser* , enquanto esperavam a hora de embarcar, as pessoas se encolhiam nas cadeiras para se proteger do vento. E quando falavam, uma fumaça branca saía de suas bocas, como se todos ali estivessem fumando ao mesmo tempo.

Encostado em um canto do Terminal, Ricardo olhava atentamente o movimento e não conseguia disfarçar seu nervosismo. Ajeitava os óculos no rosto a todo instante e consultava o relógio, num gesto de impaciência. Tudo o que ele queria era não chamar a atenção de ninguém. Afinal, ele pensou, um menino de 14 anos,

....
* O Terminal Rodoviário Bresser, situado no Brás, bairro da zona leste de São Paulo, foi desativado em dezembro de 2001. Durante 13 anos, o terminal atendeu as linhas de ônibus que faziam viagens para Minas Gerais, servindo 147 cidades, principalmente as da região sul do estado. Atualmente, os passageiros dessas linhas são atendidos pelo Terminal Rodoviário do Tietê, na zona norte da capital paulista. (N.E.)

O Jogo do Camaleão 15

com uma mochila, encostado sozinho no canto de uma rodoviária não deveria despertar a curiosidade das pessoas. Mas não era bem assim... E Ricardo percebeu que estava sendo observado por dois homens.

Um deles era gordo e usava bigode; o outro era alto e tinha os cabelos ruivos e crespos. Ambos estavam de paletó e bebiam café no balcão da lanchonete. O gordo encarou Ricardo demoradamente e comentou qualquer coisa com o ruivo, que se voltou, olhou para o menino e sorriu. Ricardo desviou o olhar dos dois e resolveu circular pelo Terminal. Não estava gostando daquilo e queria sair logo dali. Nesse momento, o ônibus para Belo Horizonte parou na plataforma e ele respirou aliviado.

Ricardo foi o primeiro passageiro a ocupar seu lugar, uma poltrona no meio do ônibus. Ao seu lado sentou-se uma mulher grisalha, que sorriu para ele e perguntou:

— Você está com tanto frio assim?

Não... quer dizer, sim. Está frio pra burro, né? — gaguejou Ricardo, que só então percebeu que estava tremendo.

Se você quiser, eu posso te emprestar uma blusa — ela falou, olhando para a malha fina que Ricardo estava usando.

Obrigado, não precisa se incomodar. Já, já o ônibus fica quentinho — ele respondeu, sabendo que seu tremor nada tinha a ver com o frio, mas sim com o nervosismo que sentia.

Os últimos passageiros entraram no ônibus: um casal jovem, com uma mala grande, três freiras, um velho barbudo de chapéu, um menino loiro vestido com uma jaqueta xadrez, carregando uma mochila. E também o gordo e o ruivo, que se

16 *Marçal Aquino*

dirigiram para o fundo do ônibus. Ao passarem pelo corredor, eles olharam para Ricardo e o gordo cochichou qualquer coisa no ouvido de seu companheiro. Isso serviu para aumentar ainda mais a tensão de Ricardo.

Finalmente o ônibus deixou a rodoviária. Caía uma garoa fina e o frio parecia estar aumentando. Olhando o céu cinzento de São Paulo pela janela, Ricardo conseguiu sorrir, relaxado: seu plano começava a dar certo.

2. Apenas um bilhete de adeus

HELENA DEU PELA FALTA DO FILHO na hora do almoço. Normalmente, Ricardo era pontual em seus horários, mas naquele dia estava tão atrasado que, mesmo se almoçasse rapidamente, não chegaria a tempo na escola. Nesse instante, ela se lembrou da discussão que eles haviam tido na noite anterior. Ricardo ia mal nos estudos e, embora o ano ainda estivesse na metade, suas notas indicavam que ele dificilmente conseguiria ser aprovado. A discussão, mais uma vez, fora motivada por sua falta de interesse na escola, já que aquela seria sua segunda reprovação seguida. E Helena, nessa ocasião, fora mais dura do que nunca.

Ela cobrou maior empenho do filho, lembrando-o do esforço que fazia para mantê-lo na escola sem que ele precisasse trabalhar, como acontecia com a maioria dos meninos de sua idade. Esse, aliás, era um dos orgulhos de Helena: ela havia se separado de Rubens, o pai de Ricardo, meses após o nascimento do menino. E desde então assumira o compromisso de criá-lo e educá-lo sem ajuda de ninguém.

Principalmente de Rubens, cuja maneira de viver provocara a separação do casal.

Antenor, o pai de Helena, que morava com ela e Ricardo no pequeno apartamento desde que ficara viúvo, chegou para almoçar.

— Cadê o Ricardo, já foi para a escola? — ele perguntou, enquanto lavava as mãos.

— Não, papai. E eu não sei onde esse moleque se enfiou. Saiu logo de manhã e até agora não apareceu. Estou começando a ficar preocupada, porque ele nunca se atrasa para o almoço...

O velho Antenor sentou-se à mesa do almoço e ficou olhando para Helena: ele conhecia a filha o suficiente para saber que ela estava escondendo alguma coisa.

— Não vá me dizer que vocês andaram brigando de novo, Helena.

— Nós discutimos ontem à noite. O senhor sabe como ele está indo mal na escola — ela disse, enquanto servia comida ao pai. — Eu disse que ele tem de estudar se não quiser acabar como o pai dele, que não passa de um marginal...

— Helena, você às vezes exagera. De que adianta falar essas coisas para o menino se ele nunca viu o pai na vida? Lembre-se de que Rubens sempre quis ver o Ricardo e você não permitiu.

— Olhe, papai, o Rubens sempre esteve envolvido com gente que não presta e seria um péssimo exemplo para o filho. Eu dou graças a Deus que ele tenha se mudado para Minas; assim fica longe da gente — Helena falou, lembrando ao pai que nunca aceitara nem o dinheiro oferecido por Rubens para a educação do filho.

O Jogo do Camaleão 19

— É, mas um pai faz falta para uma criança, minha filha. Apesar das críticas que você faz ao Rubens, o Ricardo sempre falou que quando crescesse ia querer conhecê-lo, lembra?

Nesse momento, Helena teve um choque. E antes que seu pai pudesse compreender o que se passava, ela se levantou da mesa e correu para o quarto que Ricardo dividia com o avô. De lá, voltou aos gritos:

— Papai, o Ricardo fugiu de casa! Olhe o bilhete que achei no quarto dele — falou, enquanto mostrava o pedaço de papel em que Ricardo informava ter ido a Belo Horizonte atrás do pai.

Antenor abraçou a filha, que soluçava, e, depois de acariciar-lhe os cabelos, disse calmamente:

— Eu sabia que isso ia acontecer mais cedo ou mais tarde, minha filha. O jeito agora é avisar o Rubens e pedir a ele que se encontre com o Ricardo lá.

— Eu vou chamar a polícia — avisou Helena, livrando-se do abraço do pai. — O Ricardo tem o endereço do Rubens, mas eu não quero que ele corra o risco de se perder numa cidade que não conhece.

— Isso é bobagem, Helena — observou o velho Antenor —, o Ricardo é bem crescidinho para se perder. Telefone para o Rubens e avise que o menino está indo. Se ele saiu agora de manhã, deve chegar no fim da tarde em Belo Horizonte. E não se esqueça de dar uma boa descrição do Ricardo, hein? Lembre-se de que o Rubens nunca viu o filho. Quem sabe esse encontro não faz bem para o menino...

Helena olhou com uma expressão contrariada para o pai, mas pôs-se a procurar o número de telefone que Rubens lhe dera quando fora morar em Belo Horizonte.

3. Ricardo ganha um amigo

VENTAVA MUITO quando o ônibus fez a segunda parada da viagem, em um restaurante de beira de estrada. Lentamente, os passageiros começaram a descer e Ricardo, que havia permanecido em seu lugar durante a primeira parada, sentiu fome e resolveu comer um sanduíche. No restaurante, tão logo encostou no balcão e fez seu pedido, ganhou companhia: o homem gordo de bigode.

— Friozinho, não? — disse, olhando para Ricardo.

— É.

— Dizem que nós, os gordos, não sentimos frio, mas eu vou te falar uma coisa: eu sofro tanto quanto qualquer pessoa magrinha — prosseguiu o homem.

— Ah, é? — retrucou Ricardo, que tentava entender o que havia de estranho naquele sujeito que parecia forçar uma aproximação.

— Você sempre fala pouco assim?

— É que eu estou com um pouco de dor de garganta —

Ricardo mentiu. Ele acabara de notar gotas de suor na testa do homem, que, portanto, não podia estar sentindo frio. Embora estivesse curioso para saber quais as verdadeiras intenções do outro, Ricardo percebeu que seu companheiro ruivo se aproximava, vindo do banheiro, e resolveu afastar--se dali. Pegou o sanduíche, pediu licença e dirigiu-se para a saída do restaurante. Ele ainda ouviu o gordo dizendo para tomar cuidado com o vento, que poderia piorar sua dor de garganta. Depois, pagou a conta e saiu.

Fora do restaurante, Ricardo comeu espiando pelo vidro a dupla encostada no balcão. Havia algo de estranho com os dois, mas ele não sabia dizer o que era. Do bolso traseiro da calça retirou uma fotografia e ficou olhando-a demoradamente: nela estavam seu pai e sua mãe. À frente dos dois, num carrinho, estava ele, ainda um bebê. O homem que ele iria encontrar em Belo Horizonte deveria estar diferente, bem mais velho; afinal, aquela foto tinha quase quinze anos. No verso, Ricardo havia anotado o endereço do pai, mas nesse momento uma dúvida o assaltou: e se ele tivesse se mudado? Um arrepio gelado percorreu sua espinha, aumentando ainda mais o frio intenso provocado pelo vento.

— Não sei como você aguenta esse vento só com essa blusinha — disse uma voz às suas costas, assustando-o.

Ricardo mal teve tempo de guardar a foto no bolso antes de virar-se: ao seu lado estava o menino loiro de jaqueta xadrez, que fora um dos últimos passageiros a entrar no ônibus em São Paulo.

O Jogo do Camaleão 23

— Desculpe se eu assustei você, não tive essa intenção — ele disse, sorrindo.

— Não foi nada. É que eu pensei que fosse outra pessoa.

— Você está falando daqueles dois? — perguntou o menino, apontando o gordo e o ruivo dentro do restaurante.

— Sim — confirmou Ricardo —, aqueles dois caras são muito esquisitos.

— Sabe que eu também não gostei deles? Eu não sei o que acontece, mas os dois estão me olhando desde a rodoviária de São Paulo.

— Gozado, comigo aconteceu a mesma coisa. E agora no restaurante o gordo tentou puxar conversa, mas veio com um papo muito estranho. Qual será a desses dois?

— Eu não sei, não, mas boa coisa não pode ser. Aliás, deixa eu me apresentar: meu nome é Francisco, mas todo mundo me chama de Quico — falou o menino loiro, estendendo a mão. Ricardo apertou-a e disse seu nome.

— Você é de Belo Horizonte? — Ricardo perguntou, enquanto esfregava as mãos por causa do frio.

— Não, eu sou de São Paulo. É a primeira vez que estou indo para Belo Horizonte — explicou Quico.

Ricardo contou que aquela também era sua primeira viagem à capital mineira. E ficou aliviado por Quico não perguntar o que ele iria fazer na cidade.

— Escuta, Ricardo, você é quase do meu tamanho e está aí morrendo de frio. Eu posso muito bem te emprestar esta jaqueta porque eu tenho outra na mochila. Que tal?

— Obrigado, Quico, mas não precisa se incomodar com isso. Eu já estou mesmo voltando para o ônibus e lá dentro está quentinho.

Mas Quico ignorou a recusa e tirou a jaqueta, entregando-a a Ricardo e ajudando-o a vesti-la.

— Viu só? Serviu direitinho — observou Quico com um sorriso. — Somos quase do mesmo tamanho, mas aposto que sou mais velho. Tenho 15 anos, e você?

— Eu faço 15 em dezembro — falou Ricardo, enquanto acabava de ajeitar no corpo a jaqueta xadrez e percebia que ela era mesmo ótima para protegê-lo do vento.

— Então temos praticamente a mesma idade — disse Quico, dando um tapinha no ombro do novo amigo. — Bom, agora vamos voltar para o ônibus, porque quem está ficando com frio sou eu.

— Você não quer mesmo a jaqueta?

— Pode ficar com ela, Ricardo. Eu já vou pegar a outra na mochila. Em Belo Horizonte você me devolve, ok?

— Então tá — concordou Ricardo, sorrindo com simpatia para o menino loiro.

Os dois caminharam de volta para o ônibus e Ricardo foi pensando que, apesar de encontrar gente esquisita como o ruivo e o gordo, a viagem estava servindo também para que ele conhecesse pessoas legais, como Quico. Ao ocupar seu lugar, Ricardo percebeu que o novo amigo também estava viajando sozinho, pois sentou-se mais ao fundo do ônibus, ao lado de uma das freiras. Nesse momento, lembrou-se da dupla, que

O Jogo do Camaleão 25

ainda não havia retornado do restaurante, e de Quico falando que eles também o estavam observando de uma maneira suspeita. Quem seriam os dois? Poderiam até ser sequestradores de meninos que haviam percebido que ele e Quico eram bons alvos, já que viajavam sozinhos. No mesmo instante, Ricardo riu de sua imaginação: "Sequestradores de meninos? Mas que bobagem", ele pensou, divertindo-se com sua ideia maluca.

Mas Ricardo não iria se divertir tanto se estivesse no restaurante naquele momento e pudesse ouvir os dois conversando:

— E aí, Lima, o que você achou disso? — era o gordo falando.

— Não sei, Murilão — respondeu o ruivo, que havia terminado de comer e tomava café.

— Qual dos dois nos interessa? — insistiu Murilão, que palitava os dentes.

— Quem sabe? Talvez os dois — disse Lima, iniciando a volta ao ônibus, pois o motorista buzinava, chamando os retardatários que ainda estavam no restaurante.

4. Um homem chamado Camaleão

NO MESMO INSTANTE em que o ônibus deixava o restaurante e voltava à estrada, uma importante reunião estava para começar nos fundos de um bar na região central de Belo Horizonte. Três rapazes e uma moça, com idades entre 15 e 17 anos, estavam espalhados pelo cômodo, que servia de depósito para caixas e garrafas velhas do bar. O mais velho deles, que estava sentado sobre uma mesa, tinha o costume de cortar o cabelo sempre curtinho e por isso era chamado de Careca. Ele roía as unhas, impaciente.

— Olha o que-que eu ach-chei aqui, Careca — gaguejou um dos meninos, exibindo um pequeno rato, que se debatia preso pela cauda. — Vo-vou pegar pra mi-minha co-coleção...

— Joga fora essa porcaria, Valdir. Já não chegam os escorpiões e aranhas que você juntou? — Careca repreendeu o companheiro.

O Jogo do Camaleão

Imediatamente Valdir — que, por motivos óbvios, também era conhecido como Gaguinho — libertou o rato, que foi esconder-se no meio da pilha de caixas. Todos ali sabiam que Valdir temia Careca e, por isso, obedecia cegamente suas ordens. Mesmo assim, Paulão, um negro forte que estava sentado no chão perto de Valdir, resolveu brincar:

— Pô, Careca, agora que o Gaguinho achou um bicho interessante você manda ele soltar?

— Deixe de bobagem, Paulão, nós estamos aqui para coisas mais importantes e vocês ficam dando atenção pra bichos? — disse Careca, olhando sério para o outro.

— É isso mesmo, Paulão, o Careca tá certo — opinou a menina que integrava o grupo. Ela tinha o cabelo castanho preso num rabo de cavalo e, embora seu nome verdadeiro fosse Maria José, todos ali a conheciam por Zezé. — Estamos aqui porque o Camaleão chamou a gente para uma missão muito especial.

— Uai, mas que missão é essa, Careca? — perguntou Paulão, levantando-se bruscamente.

— Eu também não sei, rapaz. Ele só mandou reunir o pessoal aqui e disse que tinha um trabalho especial desta vez.

— O Camaleão é engraçado. Pra que todo esse mistério? — comentou Paulão, que agora andava pelo cômodo, revelando impaciência.

— Bom, se ele falou que era um trabalho especial, é porque deve ser alguma coisa diferente do que a gente tem feito até agora — interveio Zezé, olhando para Careca, como se esperasse a aprovação do líder do grupo, que era também seu namorado.

— É isso aí, Paulão. Tenho certeza de que é alguma coisa bem mais importante do que simplesmente roubar algum carro — Careca disse, numa tentativa de acalmar a curiosidade do companheiro.

— E quanto a gente vai ga-ganhar com isso, Ca-Careca? — perguntou Valdir, que de vez em quando ainda olhava para o monte de caixas onde o rato tinha se escondido.

— O Camelão não falou quanto vai pagar. Mas já que é um trabalho especial, deve render bem mais grana que cinco carros novos que a gente consiga *puxar* — respondeu Careca, sem conseguir disfarçar um sorriso.

Todos ali sabiam que isso significava muito dinheiro, pois os carros que o grupo roubava para Camaleão eram pagos de acordo com seu ano de fabricação.

— Ele já deve estar chegando e aí a gente vai ficar sabendo qual é essa missão.

— Como será que ele vai estar disfarçado hoje, hein? — Zezé quis saber, lançando a pergunta para o grupo.

— Ah, isso a gente só vai descobrir na hora em que ele chegar — disse Paulão, que voltou a sentar-se no chão. Ninguém ali, e nem mesmo a polícia, conhecia a verdadeira identidade do Camaleão, que a cada aparição usava um disfarce diferente. E eram tão perfeitos que ele também era conhecido como o "mestre dos disfarces".

Nesse momento, duas batidas na porta foram ouvidas, e todos ficaram em silêncio, pois sabiam o que elas significavam: era o aviso de que o chefe estava chegando.

Como o dia estava frio, Camaleão usava chapéu e uma capa cinza, que chegava até os joelhos. Estava de óculos escuros e, completando o disfarce, usava uma barba negra imensa, e falsa, naturalmente, que lhe alcançava o peito. A única coisa que o grupo ali reunido reconheceu foi sua voz, rouca e dura:

— Boa tarde, rapazes. Espero que todos aqui estejam prontos para um serviço muito especial.

— Claro, chefe — adiantou-se Careca —, estamos aqui esperando suas ordens.

— Camaleão caminhou pelo cômodo com as mãos no bolso da capa. Subitamente parou e sorriu:

— Este é um trabalho fácil de fazer, Careca. Tudo o que vocês precisam é tomar cuidado com a polícia para que nada saia errado.

— E qual é o serviço, Camaleão? — intrometeu-se Paulão, percebendo que Careca olhava feio para o seu lado.

— Calma, rapaz — a voz do Camaleão estava mais rouca do que nunca —, eu vou explicar o que quero que vocês façam. Mas primeiro vamos falar do principal: o dinheiro. Se tudo correr direitinho, eu pago a vocês o mesmo que pagaria por dez carros do ano.

— Fiuuuu... — assobiou Zezé, que não tirava os olhos do homem parado no meio do quarto com as mãos no bolso da capa.

— E é um trabalho mais fácil do que tirar um doce da boca de uma criança — ele continuou falando devagar, aumentando ainda mais a curiosidade dos quatro. — Tudo o que vocês têm de fazer é apanhar um menino na rodoviária e trazê-lo para cá.

Ele embarcou hoje de manhã em São Paulo e está trazendo uma encomenda muito importante para mim.

— Isso é moleza, não é, Careca? — comentou Paulão, já pensando no dinheiro que iam receber pelo trabalho.

— Se for só isso, será fácil, chefe — concordou Careca.

— É só isso mesmo: apanhar o menino na rodoviária e trazê-lo são e salvo para cá — confirmou Camaleão, com um sorriso. — O único problema é que ele pode ser apanhado pela polícia ou então pela gangue do Professor... E aí a minha encomenda estará perdida. Por isso não pode haver erros.

— Co-como? — manifestou-se Valdir. — A gangue do Pro-Professor sa-sabe que ele está vindo pra cá?

— Nunca se sabe, não é, Gaguinho? — falou Paulão, que se lembrava de várias ocasiões em que os planos do grupo, inexplicavelmente, haviam sido descobertos pela quadrilha rival de ladrões de carros.

— Eu espero que eles não saibam de nada — Camaleão prosseguiu falando —, mas todo cuidado é pouco. A encomenda que ele está trazendo é muito importante para mim.

— E como a gente faz para reconhecer esse menino na rodoviária? — perguntou Careca.

— Isso será ainda mais fácil, não há como confundi-lo — explicou Camaleão. — Ele vai chegar no ônibus das seis horas e estará vestido com uma jaqueta xadrez. Viu que moleza? Além do mais, ele é um menino muito esperto, segundo informaram meus sócios de São Paulo que estão mandando a encomenda, e sabe que a polícia ou uma outra quadrilha pode estar esperando na rodoviária.

O Jogo do Camaleão 31

Não tem como errar: vocês só têm de agir rápido e trazê-lo para cá. Alguma dúvida?

Careca sorriu e olhou para seus companheiros. Aquela era uma missão realmente especial: apanhar um menino vestido com uma jaqueta xadrez e trazê-lo para o esconderijo da quadrilha era bem mais fácil do que roubar um carro. E o mais importante: iriam receber dez vezes mais por isso.

— Bem, acho que está tudo entendido, não é? Agora eu vou sair para resolver outras coisas — avisou Camaleão. — Se tudo correr bem, por um bom tempo vocês não vão precisar se arriscar por porcarias como roubo de carros. Tomem cuidado! À noite eu passo aqui para apanhar a encomenda, combinado?

Dito isso, Camaleão deixou o cômodo. Os quatro se entreolharam e sorriram. Careca, o único do grupo que possuía um revólver, colocou a arma na parte de trás da cintura e comandou:

— Muito bem, rapazes, vamos para a rodoviária estudar o local de trabalho. Precisamos planejar a coisa pra fazer tudo rapidinho e ficar de olho pra ver se não aparecem aqueles intrometidos da gangue do Professor.

5. O professor do crime

A GANGUE a que Careca se referia era formada por Vadão, Pimentinha e Zé Doidão, três fugitivos da Febem* que também ganhavam a vida furtando carros nas ruas de Belo Horizonte e entregando os veículos ao homem que os comandava: o Professor. Ele tinha esse apelido porque se orgulhava de iniciar na vida de crimes os menores que encontrava pelas ruas da cidade.

E sem que Careca imaginasse, sua preocupação com a quadrilha rival tinha fundamento: há várias horas os três já se encontravam na rodoviária, cumprindo uma tarefa para o Professor. Vadão estava encostado no balcão da lanchonete, junto às plataformas de desembarque, e viu que Zé Doidão se aproximava com cara de impaciência.

— Eu acho loucura ficar aqui, esperando por uma pessoa que a gente nem sabe que cara tem.

....

* A antiga Fundação Estadual do Bem-Estar do Menor (Febem) passou por mudanças estruturais e pedagógicas em 2006 e atualmente se chama Fundação Casa. (N.E.)

O Jogo do Camaleão

— Calma, Zé, não adianta chiar. Esse é um pedido especial do Professor e a gente tem que atender. E ele está pagando bem por isso, não se esqueça — disse Vadão, de olho nos ônibus de várias localidades que chegavam a todo instante.

— Tá legal, Vadão, mas eu acho arriscado ficar aqui dando sopa. Daqui a pouco a polícia desconfia e a gente vai parar de novo na Febem.

— É só ficar ligado e não dar bandeira demais. Falando nisso, cadê o Pimentinha?

— Tá lá na entrada da rodoviária, de olho nos ônibus que chegam de São Paulo. Não é o que interessa pra gente? — falou Zé Doidão, que apesar do frio usava apenas uma camiseta, deixando à mostra seus músculos salientes.

— É isso aí. Vamos circular um pouco pra não chamar tanto a atenção, mas olho-vivo, hein? O passageiro que nós queremos é um menino de 14 anos, alto, magro, de cabelos curtos e que usa óculos. Quando ele chegar, a gente apanha ele e cai fora daqui ligeiro — falou Vadão, recordando a missão que o Professor os incumbira de cumprir.

— Mas, afinal, quando esse cara vai chegar? — insistiu Zé Doidão, preocupado com dois policiais que circulavam entre as pessoas no local.

— Aí é que está o "x" da questão, Zé. O Professor não sabe direito o horário da chegada, só sabe que é hoje. Por isso é que estamos aqui há tanto tempo — explicou Vadão, caminhando com o companheiro em direção às escadas que os levariam ao primeiro andar da rodoviária. — Mas até agora eu fiquei olhando e garanto que não chegou nenhum menino assim.

— Tomara — disse Zé Doidão —, só falta a gente perder esse cara...

— Nem fale nisso, Zé. Não sei por que, mas o Professor está muito interessado nesse menino — observou Vadão. — Tanto que não quer que ele se machuque de jeito nenhum, ouviu bem?

— Pra mim você não precisa falar nada, Vadão, eu sou cuidadoso. O problema é o Pimenta. Ele é que de vez em quando resolve brincar com aquelas facas dele...

— Bom, eu já avisei o Pimentinha pra nem pensar nisso. O Professor quer o menino inteiro lá no esconderijo, logo depois que ele desembarcar.

Os dois chegaram ao primeiro andar da rodoviária, um salão grande onde ficam as bilheterias das companhias de ônibus, lanchonetes, diversas lojas e as cadeiras para quem espera o horário de embarque. Ali eles se separaram para não chamar a atenção de ninguém.

O Jogo do Camaleão

6. Desembarque confuso

A VIAGEM DE SÃO PAULO A BELO HORIZONTE demorou quase nove horas. Cansado, Ricardo havia se encolhido na poltrona e adormecido, permanecendo assim toda a parte final do trajeto. Eram seis e dez da tarde quando o ônibus entrou na capital de Minas Gerais. Começava a escurecer e as luzes dos postes já estavam acesas.

Ricardo despertou, esfregou os olhos e percebeu que seu corpo doía por causa da posição desconfortável na poltrona. A mulher grisalha ao seu lado ainda cochilava. Ele abriu a mochila e pegou seus óculos, que havia tirado para dormir. Recolocou-os e ficou vendo passarem velozmente pela janela do ônibus ruas, árvores, casas e prédios da cidade onde, dentro de instantes, começaria a procurar seu pai.

Ricardo ficou imaginando como seria o encontro com o pai e o pensamento chegou a provocar-lhe um frio na barriga. O que dizer em primeiro lugar num encontro desses, tentou prever. E, mais que isso, como seria recebido, já que estava

36 *Marçal Aquino*

chegando de surpresa? Só dava para saber isso na hora, concluiu Ricardo. O importante, ele sorriu, era que seu sonho estava muito perto de se realizar.

Finalmente, o ônibus encostou na rodoviária. Mal o veículo estacionou, Ricardo colocou a mochila no ombro, pediu licença à mulher grisalha, que ainda estava meio sonolenta, e desceu. Havia um pequeno tumulto formado pelas pessoas que esperavam parentes e amigos na porta do ônibus e ele teve dificuldades em passar pelo aglomerado. Fazia frio quando Ricardo deu os primeiros passos na plataforma de desembarque. Isso fez com que ele se lembrasse da jaqueta que vestia e de seu dono, Quico. Apesar do frio, ia ter de devolvê-la.

Quando ele se virou com a intenção de voltar, percebeu que o homem gordo de bigode tentava livrar-se da confusão de pessoas perto do ônibus, ao mesmo tempo em que procurava não perdê-lo de vista. Ricardo sabia que aquilo significava encrenca e não teve dúvidas: começou a correr pela plataforma em direção à saída da rodoviária.

Todo mundo sabe que correr olhando para trás não é uma coisa muito segura — e foi esse o erro que Ricardo cometeu. Ele tropeçou e só não foi parar no chão porque, de repente, alguém o segurou. Ainda cambaleante, Ricardo levantou o rosto e deu de cara com um rapaz alto, de cabelos muito curtos, que sorria para ele:

— Oi, fez boa viagem? — era Careca, que imediatamente o puxou pelo braço. — Desculpe a pressa, mas a gente tem que sair daqui agora. O Paulão viu um dos caras do Professor rondando por aí. Vem comigo.

O Jogo do Camaleão 37

— Espere aí, deve estar havendo um enga... — Ricardo não conseguiu completar a frase, porque Careca praticamente o arrastou, atravessando pelo meio dos ônibus. Paulão os encontrou:

— Vamos cair fora, Careca. Os caras estão todos aqui... Ricardo olhava para os dois sem entender nada. Tentou resistir, mas foi arrastado em direção à saída da rodoviária.

— Cadê o Valdir e a Zezé? — perguntou Careca, quando pararam debaixo de um viaduto perto dali.

— Estão no carro — explicou Paulão, apontando para um Fusca vermelho estacionado. — Vamos embora.

Espere um pouco, pessoal — gritou Ricardo, livrando-se de Careca —, o que vocês estão querendo comigo?

— Tudo bem, rapaz, fique calmo, você está entre amigos — disse Paulão, empurrando-o em direção ao carro. — A gente está com pressa por causa de uns caras que estão xeretando por aqui e podem querer aprontar alguma gracinha.

Ricardo ainda tentou conversar, mas, ao entrar no Fusca, Paulão o arrastou para o banco traseiro. Careca entrou rapidamente e bateu a porta. O carro, que a essa altura já estava com o motor ligado, arrancou em alta velocidade. Ao volante, Zezé.

7. Um garoto muito esperto

QUICO só não foi o último passageiro a deixar o ônibus porque, do corredor, percebeu que o homem ruivo continuava sentado no fundo do veículo, esperando, como se fosse prosseguir viagem para algum lugar. Ele pegou sua mochila e desceu rapidamente, aproveitando que a confusão de pessoas já se desfizera. Ao sair do ônibus, notou que o homem se levantara para descer também.

Dirigindo-se para as escadas que levam ao primeiro andar da rodoviária, Quico viu dois policiais. Ele disfarçou, deu meia-volta e, com rapidez, entrou no espaço que havia entre dois ônibus estacionados. Percebendo que seria visto por quem passasse, agachou-se e rastejou para debaixo de um dos veículos. Dali, pôde ver as pernas dos policiais quando eles passaram.

Lima ficou parado um tempo na plataforma, olhando em todas as direções. Até que viu Murilão se aproximando, esbaforido:

O Jogo do Camaleão 39

— Não vai me dizer que você conseguiu perder o garoto de vista, Murilo...

Ele começou a correr e eu tentei acompanhar — Murilão respirava com dificuldade —, mas aí surgiu um rapaz e o arrastou pelo meio dos ônibus e os dois sumiram.

— Você é mesmo um gordo mole — disse Lima, irritado.

— Como é que deixou ele escapar?

— Ah, é? Aposto que você também não conseguiu pegar o outro menino — rebateu Murilão.

— Ele é esperto e percebeu que nós estávamos de olho nele. Quando eu desci do ônibus, ele já havia evaporado — explicou Lima, ainda mais irritado porque notou que o companheiro estava rindo de seu fracasso. — Qual é a graça, idiota? Ele deve estar escondido em algum lugar, não pode estar longe. Vamos nos separar e dar uma busca aqui por baixo. Depois, nos encontramos lá na parte de cima, certo? Ele pensa que é muito esperto, mas não vai conseguir escapar.

Lima caminhou em direção aos banheiros, enquanto Murilão correu com dificuldade para as escadas. De seu esconderijo, Quico assistiu a toda a cena e sorriu. Como ele desconfiava, aqueles dois o estavam seguindo desde São Paulo. Pelo menos o truque de emprestar a jaqueta para Ricardo, o menino que ele conhecera na viagem, tinha servido para distrair o gordo. Em outras ocasiões, fazendo entregas para os homens para quem trabalhava em São Paulo, Quico já tivera problemas daquele tipo. E sempre se saíra bem. Tanto que foi o escolhido para viajar a Belo Horizonte e levar a encomenda para o Camaleão.

40 *Marçal Aquino*

Não seria um gordo molenga que iria atrapalhar aquela missão, refletiu Quico, satisfeito.

Rastejando, ele saiu de onde estava e ficou algum tempo encostado na traseira do ônibus, planejando o que iria fazer.

Quico não havia percebido, mas todos os seus movimentos, desde o momento em que rastejara para baixo do ônibus, estavam sendo observados. Ocultos por um pilar, Vadão e Zé Doidão sorriam.

— Parece que é esse o menino que o Professor quer ver, você não acha, Zé?

— Está parecendo. Ele é bem espertinho. Viu como despistou aqueles dois guardas?

— É, ele é dos bons. E se está com medo da polícia é porque alguma coisa ele fez. O único detalhe é que ele está sem óculos — notou Vadão, observando que Quico lentamente ia se esgueirando por trás dos ônibus em direção às escadas.

— Espere aí, Vadão. Pode ser que ele tenha perdido os óculos nessa confusão — considerou Zé Doidão, enquanto acompanhava atentamente os movimentos do menino loiro.

— Veja, ele vai subir. É hora de entrar em ação — comandou Vadão.

8. A encomenda em segurança

ALERTA E SEMPRE ENCOSTADO À PAREDE, Quico subiu as escadas para o primeiro andar. O movimento de pessoas era intenso àquela hora e ele atravessou rapidamente o espaço entre a entrada da rodoviária e a rampa que dá acesso ao último andar. O serviço de som anunciava a partida do ônibus das sete horas.

Da parte de cima Quico conseguiria ter uma visão geral do lugar, para descobrir onde estava o gorducho que o procurava. E, de fato, debruçando-se no parapeito, ele logo achou Murilão, que andava a esmo no meio das pessoas. Isso fora fácil: afinal, um sujeito daquele tamanho chamava tanto a atenção quanto alguém vestindo um terno num campo de nudismo.

Mas Quico sabia que estava em sérias dificuldades: não ia demorar para que o gordo e seu companheiro ruivo passassem a procurá-lo no último andar da rodoviária e ia ser difícil driblá-los. Por outro lado, ele não podia sair dali se quisesse encontrar as pessoas que tinha de contatar para entregar sua encomenda.

O único detalhe é que, sem a jaqueta xadrez, essa seria uma tarefa complicada. Quico olhou à sua volta e viu uma lanchonete, um banco e um posto do correio fechados. Mais adiante, ele descobriu algo que o interessou: o guarda-volumes. Se fosse apanhado, pelo menos a encomenda estaria a salvo.

Depois de pagar, ele foi até o cofre que havia alugado e guardou o pacote que trazia na mochila. Sentiu-se mais tranquilo ao pôr a chave do cofre no bolso e voltou ao parapeito com a intenção de localizar novamente o gordo. Lá estava ele, agora em companhia do ruivo, dirigindo-se para uma das rampas que levavam ao último andar. Sem deixar que eles o vissem, Quico ficou acompanhando a subida da dupla, ao mesmo tempo que pensava num meio de escapar daquela enrascada. Foi quando uma voz ao seu lado provocou-lhe um sobressalto:

— Muito bem, acho que é hora de parar de brincar de gato e rato, você não acha?

— Quico virou-se e viu, igualmente debruçados no parapeito, um rapaz alto e magro — Vadão — e um outro, musculoso e com uma tatuagem num dos braços — Zé Doidão. Vadão sorriu e, olhando os dois homens que subiam pela rampa, falou:

— Parece que agora você está cercado, não é?

— Ué, do que você está falando? — perguntou Quico, procurando ganhar tempo.

— Ora, não banque o bobo. Nós vimos você entrar debaixo do ônibus pra não ser visto pela polícia e pra escapar daqueles dois... — intrometeu-se Zé Doidão.

O Jogo do Camaleão

— Olhe aqui, cara, o Professor pediu para a gente apanhar um menino aqui na rodoviária e só pode ser você — explicou Vadão, com um olho em Murilão e Lima, que estavam chegando ao fim da rampa. — Agora, você escolhe: ou vem com a gente ou fica aí e vai ser pego por aqueles dois patetas que estão subindo. Decida rápido.

Pela conversa, Quico percebeu que aqueles dois nada tinham a ver com as pessoas que ele devia contatar. Nunca ouvira falar desse Professor. Só sabia que o homem a quem a encomenda se destinava atendia pelo nome de Camaleão. Mas naquela situação, ele não tinha escolha:

— O Professor? Por que não falaram logo? Tá tudo certo, eu vou com vocês. Mas como vamos sair daqui sem ser vistos pelos dois?

Vadão olhou para Zé Doidão e sorriu:

— Ah, isso você pode deixar por nossa conta, não é, Zé?

— Claro. Deixe comigo que eu cuido daqueles intrometidos ali — concordou Zé Doidão, tirando uma corrente que carregava na cintura, sob a camiseta.

— Tá bom, Zé. Bota pra quebrar — disse Vadão, enquanto segurava Quico pelo braço para que ele não tentasse fugir na confusão que iria começar.

Lima e Murilão haviam chegado ao fim da rampa e olhavam ao redor em busca de Quico. Como quem não quer nada, Zé Doidão veio caminhando na direção dos dois, com as mãos para trás. Murilão, que respirava com dificuldade por causa do esforço da subida, foi o primeiro a ver Quico:

— Olhe ele lá, Lima. Vamos pegá...

A frase ficou incompleta: Zé Doidão, que havia chegado bem perto dos dois, acertou de surpresa um violento pontapé na barriga de Murilão, que rolou pelo chão. Lima virou-se e, percebendo o que tinha acontecido, tentou enfiar a mão no paletó para pegar alguma coisa, mas Zé Doidão foi mais rápido: a corrente vibrou no ar e atingiu em cheio o rosto do homem ruivo, que caiu de encontro ao parapeito.

— Hora de cair fora, pessoal — Zé Doidão gritou. E, antes de correr para a rampa, ele ainda acertou mais um chute em Murilão, que tentava levantar-se. Com as mãos no rosto ferido, Lima estava fora de combate. Vadão e Quico passaram correndo pelos dois homens caídos e também desceram a rampa em direção à saída da rodoviária. Do lado de fora, eles pararam de correr e entraram num Fiat branco que estava no estacionamento.

— E o Pimentinha, Vadão, vamos largar ele aqui? — perguntou Zé Doidão, enquanto dava partida e manobrava o carro.

— Não vai dar pra esperar por ele, Zé. Pé na tábua que a gente tem que sair daqui antes que aqueles dois se recuperem.

— Tá bom, você que manda — obedeceu Zé Doidão, saindo do estacionamento.

— Não se preocupe que ele sabe se virar sozinho. Toca para o esconderijo — comandou Vadão ao seu lado.

No banco traseiro, Quico ia olhando as ruas por onde o carro transitava, tentando anotar mentalmente seus nomes. Ele sabia que, mais cedo ou mais tarde, ia precisar voltar à rodoviária para apanhar a encomenda que deixara no guarda-volumes.

O Jogo do Camaleão 45

9. A aflição de Helena

ENQUANTO ISSO, em São Paulo, a mãe de Ricardo esperava, nervosa, ao lado do telefone. O velho Antenor entrou na sala e, vendo a expressão desolada e os olhos inchados da filha, procurou acalmá-la:

— Esse seu nervosismo não vai resolver nada, Helena. Por que você não tenta se acalmar? O Ricardo com certeza está bem...

— Falar é fácil, pai. Eu não aguento mais essa espera...

Antenor aproximou-se da filha e tocou seus cabelos carinhosamente. Bastou esse gesto para que ela recomeçasse a chorar. O pai segurou o rosto da filha entre as mãos e falou vagarosamente:

— Você já fez o que era possível, filha. Agora só nos resta esperar. Até porque não há nada que a gente possa fazer.

Helena enxugou as lágrimas com um lenço e levantou-se da cadeira:

— Eu tenho tanto medo que alguma coisa tenha acontecido com ele, pai...

46 *Marçal Aquino*

— O que é isso, Helena? Até parece que você não conhece o Ricardo... Ele é um menino inteligente e vai saber se cuidar. Você vai ver, daqui a pouco a gente recebe notícias dele.

Helena passou as costas da mão pelo rosto, limpando as lágrimas, e abraçou o pai.

— Eu queria tanto ter essa certeza, pai. Mas fico imaginando ele sozinho em Belo Horizonte, sem conhecer ninguém. E tudo por causa daquele bandido do Rubens...

O velho Antenor sacudiu a cabeça e sorriu:

— A gente já discutiu muito isso, minha filha. Estava na cara que o Ricardo ia querer ver o pai, mais cedo ou mais tarde.

— Eu sei disso. Mas agora ele está lá, sozinho numa cidade estranha, e a gente aqui, sem saber o que fazer.

— Eu acho que você já fez tudo o que era possível, Helena. Agora tem que ficar calma e esperar.

— Esperar, esperar. Até quando?

— Ficar assim só vai piorar as coisas, minha filha — disse Antenor, encarando Helena. — Você já não avisou a polícia?

— Já avisei. Na mesma hora em que descobri que o Rubens não mora mais naquele endereço, eu consegui o telefone da polícia de Belo Horizonte e pedi ajuda. Eles disseram que não podiam fazer nada naquele momento e que não adiantava eu viajar pra lá. Eles garantiram que ligariam pra cá assim que tivessem qualquer notícia.

— Quer ver como você está nervosa à toa? — falou Antenor, olhando o relógio. — São sete e quinze. Aposto que o Ricardo acabou de chegar em Belo Horizonte. A esta hora ele nem teve tempo ainda de ir até o endereço do Rubens.

O Jogo do Camaleão 47

— Ai, meu Deus, o que ele vai fazer quando descobrir que o Rubens não mora mais lá? — exclamou Helena, aflita.

— Ora, filha, o Ricardo é sensato. Quando descobrir que o pai não mora mais naquele endereço, vai voltar pra cá. Ou então vai pedir ajuda à polícia se tiver alguma dificuldade. Quem sabe ele mesmo não liga pra cá quando perceber que não vai conseguir encontrar o Rubens?

Ao ouvir a frase do pai, Helena voltou a chorar ruidosamente. Antenor abraçou-a com força:

— Agora trate de se acalmar. Tenho certeza que, daqui a pouco, a gente vai ter notícias do Ricardo. Enquanto isso, por que você não prepara alguma coisa para a gente comer? Eu estou com uma fome danada...

Helena soltou-se dos braços do pai, usou novamente o lenço para enxugar as lágrimas que corriam por seu rosto. E, ao entrar na cozinha do apartamento, ela falou:

— Eu daria qualquer coisa para saber onde o Ricardo está neste momento...

10. Ricardo na toca do Camaleão

RUA GUAICURUS. Esse foi o nome que Ricardo viu na placa quando o Fusca vermelho virou numa esquina e diminuiu a velocidade. Habilmente, Zezé girou o volante e estacionou o carro entre dois outros que estavam parados em frente a um bar. Ela desligou o motor, olhou para trás e avisou:

— Esperem aí, ninguém desce ainda.

Uma viatura da polícia vinha pela rua vagarosamente. Nesse instante, todos se abaixaram dentro do carro. Ricardo, que nem teve tempo de ver o que acontecia, foi puxado por Careca. O carro passou devagar e a dupla de policiais olhou demoradamente para o interior do bar, onde poucos fregueses bebiam e conversavam.

— Ufa, essa foi por pouco — disse Zezé, a primeira a levantar, vendo a viatura policial se afastar. — Vamos descer logo, antes que alguém veja a gente aqui.

Paulão saltou e entrou ligeiro por um corredor fracamente iluminado ao lado do bar, sendo seguido pelos companheiros.

O Jogo do Camaleão 49

No fim do corredor, Careca empurrou Ricardo para dentro de um cômodo e, depois de certificar-se de que ninguém havia notado a movimentação, fechou a porta.

A luz foi acesa e Ricardo percebeu-se no centro de um quarto cheio de caixas de garrafas vazias. Seus captores o rodearam.

— Muito bem, rapaz, agora você pode ficar tranquilo. Ninguém conhece este esconderijo — falou Careca, com a intenção de deixar Ricardo à vontade.

— Eu só acho que vocês cometeram um engano... — balbuciou Ricardo, enquanto olhava ao redor numa tentativa de compreender direito o que estava acontecendo. — O que vocês querem de mim?

— Como o que a gente quer? Você já pode parar de fingir: está seguro aqui. Cadê a encomenda do Camaleão? — Careca insistiu, olhando para o menino encolhido no meio do quarto. Pelo jeito, ele levava a segurança de sua missão tão a sério que não iria facilitar as coisas enquanto não se convencesse de que aquela era de fato a quadrilha do Camaleão.

— Encomenda? Camaleão? Não sei do que vocês estão falando... — Ricardo continuava olhando com uma expressão confusa.

— Pô, mas que coisa — impacientou-se Paulão —, vê se não complica as coisas. Você não é o cara que veio de São Paulo para trazer uma encomenda para o Camaleão?

— Por que vocês não acreditam em mim? Estou falando que não sei nada sobre essa encomenda — Ricardo passou a mão pelos cabelos, num gesto nervoso. — Eu vim pra Belo Horizonte para encontrar meu pai.

— Caramba, Careca, tá na cara que a gente dançou e pegou o cara errado na rodoviária — alarmou-se Zezé.

— Esperem aí. O Camaleão avisou que o garoto era muito esperto — falou Careca, enquanto todos olhavam atentamente sem saber aonde ele queria chegar. — Lógico que um cara assim não vai entregar uma encomenda importante para o primeiro sujeito que encontrar, não é mesmo?

Zezé, Valdir e Paulão olhavam para Ricardo, que continuava fazendo cara de quem vai para uma prova de Matemática sem estudar nada. Careca prosseguiu:

— Eu já disse que você pode parar de fingir, rapaz. Nós trabalhamos para o Camaleão. Pode entregar a encomenda tranquilo.

— Mas eu não sei do que você está falando. Eu vim de São Paulo para encontrar meu pai aqui, nada mais que isso — defendeu-se Ricardo. — Não sei nada sobre encomenda ou Camaleão. Por que você não acredita em mim?

— Olhe aqui, cara, a gente até entende esse seu cuidado com a segurança, mas já chega de brincadeira. Você veio de São Paulo com uma encomenda para o Camaleão e vai entregar agora — a voz de Careca demonstrava um pouco de irritação e seus companheiros sabiam que quando ele falava nesse tom era melhor obedecê-lo para evitar aborrecimentos. Ricardo mais uma vez insistiu na sua história, garantindo que não tinha nada a ver com aquilo. Careca sorriu, antes de observar:

— Muito bem, se você não sabe de nada, por que estava vestido com essa jaqueta xadrez quando chegou?

O Jogo do Camaleão 51

Foi nesse momento que Ricardo compreendeu o que havia acontecido. Quico. Era ele o menino esperado. Por isso a insistência em emprestar-lhe a jaqueta, para usá-lo como isca caso ocorresse alguma coisa que não estava em seus planos.

— Agora estou entendendo — informou Ricardo, olhando para Careca —, o que acontece é que esta jaqueta não é minha. Foi emprestada por um menino chamado Quico durante a viagem. É ele quem deve estar com a encomenda que vocês querem.

— E você quer que eu acredite nessa história? — Careca continuava sorrindo. — Alguém lhe oferece uma blusa no ônibus e você aceita?

— Pois foi isso que aconteceu — confirmou Ricardo, olhando para o rosto de cada um. — Agora entendo por que ele insistiu tanto para que eu aceitasse a jaqueta...

— Xi, dançamos mesmo: nós pegamos o cara errado — advertiu Paulão, olhando assustado para seus companheiros. — O tal Quico é tão esperto que acabou enganando a gente também...

— Calminha aí, Paulão — interrompeu Careca, que ainda olhava desconfiado para Ricardo —, eu ainda não estou convencido dessa história. Mas há uma maneira de saber se ele está falando a verdade: revistem ele.

Careca tirou o revólver da cinta e exibiu-o para Ricardo, que recuou amedrontado. Paulão aproximou-se e começou a revistá-lo, enquanto Valdir pegava sua mochila e esvaziava-a sobre a mesa. Ricardo ficou com as mãos levantadas, sem tirar os olhos da arma apontada por Careca.

— Não tem nada com ele, a não ser dinheiro e essa fotografia aqui — informou Paulão, mostrando o que tinha retirado dos bolsos de Ricardo.

Zezé adiantou-se, pegou a foto da mão de Paulão e pôs-se a examiná-la.

— E a-aqui na mochila só-só tem roupas, escova de dente e os documentos de-dele — disse Valdir, ao mesmo tempo em que remexia o conteúdo da mochila sobre a mesa. Careca aproximou-se da mesa, pegou a carteira de identidade e sorriu:

— Então, você é o Ricardo Ribeiro Tavares, não é? O que foi mesmo que você veio fazer aqui em Belo Horizonte?

— Vim ver o meu pai, que mora aqui.

— Historinha esquisita, vocês não acham? — perguntou Careca, dirigindo-se a seus companheiros. — Quer dizer que você mora em São Paulo e seu pai mora aqui? Explica isso direito.

— Mas é a verdade, juro — insistiu Ricardo, olhando preocupado para o revólver que Careca sacudia em sua direção cada vez que gesticulava. — Meu pai separou-se de minha mãe há muitos anos e eu sempre quis conhecê-lo. Por isso, fugi de casa e vim para cá...

— Acho que ele está dizendo a verdade — opinou Paulão, observando que Ricardo tremia.

— Pode ser. Mas ainda acho essa história meio estranha — comentou Careca.

— O Camaleão vai ficar doido com esse engano —

O Jogo do Camaleão 53

disse Paulão. Há muito ele esperava uma chance de contestar a liderança de Careca e aquele erro podia custar caro. — A gente tem que achar o tal Quico de qualquer jeito.

Careca olhou-o irritado: ele também sabia que uma falha daquelas podia significar o fim da liderança do grupo. Mas resolveu disfarçar uma calma que não sentia:

— Tudo bem, rapazes, a gente vai achar o Quico e a encomenda. Pra isso vamos voltar para a rodoviária. Ele ainda deve estar por lá.

— Então é melhor fazer isso rápido, Careca. Lembre-se de que os caras do Professor estavam lá e podem ter apanhado esse Quico — observou Zezé, o que irritou ainda mais seu namorado.

— Não precisa me lembrar disso, Zezé. Eu ainda sei o que fazer, certo? — o tom de voz de Careca deixava claro que ele não admitia dúvidas quanto ao comando do grupo. — Vamos voltar para lá e achar esse cara. Valdir, você fica aqui tomando conta do nosso hóspede. Eu ainda quero confirmar essa história. Se ele tentar qualquer gracinha, você já sabe o que fazer, né?

Valdir lançou um olhar frio para Ricardo. Careca, Zezé e Paulão dirigiram-se para a porta. Antes de sair, Careca olhou para Ricardo, que estava recolocando suas coisas dentro da mochila, e avisou:

— Depois a gente resolve o que vai fazer com você...

11. Sem saída

A CASA ERA VELHA e as paredes, que num passado muito distante tinham sido brancas, estavam manchadas e descascadas. A sala era pequena e uma lâmpada fraca pendia do teto. Se alguém tivesse o costume de ler ali, iria acabar estragando a vista, pensou Quico. Ele estava sentado no sofá que, de tão antigo, parecia ter sido usado no tempo do Brasil Império. À sua frente, em uma poltrona igualmente rota, Vadão o observava com curiosidade. Zé Doidão ocupava uma cadeira perto da porta e brincava distraidamente com sua corrente.

— Você quer comer alguma coisa? — perguntou Vadão, acrescentando, antes mesmo de Quico responder, que Zé Doidão poderia sair e buscar uma *pizza* ou qualquer outra coisa.

— Não, obrigado, eu estou sem fome agora — disse Quico, que olhava atentamente para o lugar, imaginando uma maneira de sair dali.

— Onde estão seus óculos, na mochila? — questionou Vadão.

O Jogo do Camaleão 55

— Hã, óculos? — surpreendeu-se Quico. — Eu não... Quer dizer, acho que perdi na hora em que cheguei...

— Ainda bem que a gente identificou você mesmo sem eles, rapaz — Vadão falou, sem perceber que Quico respirava aliviado por tê-lo convencido.

Naquele momento, o garoto se lembrou de Ricardo e começou a compreender o que estava acontecendo. Quem usava óculos era o menino que ele havia usado como isca, emprestando a jaqueta xadrez. Portanto, era ele quem os dois rapazes deveriam ter apanhado na rodoviária. Quico riu discretamente da coincidência e, mais ainda, da surpresa: o menino parecia tão inocente; quem diria que ele estava vindo para um encontro com o tal Professor.

De vez em quando ele ouvia carros passando ali perto. E cada vez que isso acontecia, um cachorro, provavelmente na casa vizinha, latia. Pelo tempo que o carro havia demorado para vir da rodoviária até aquela casa, Quico calculou que estavam em um bairro afastado do centro. E tinha de escapar rapidamente daqueles dois, antes que alguma complicação maior acontecesse.

— Afinal, o que o Professor quer com você? — falou Zé Doidão, interrompendo seus pensamentos.

— Eu não faço a menor ideia... — Quico respondeu, mexendo-se nervosamente no sofá.

— Faz tempo que você conhece o Professor? — insistiu Zé Doidão.

— Mais ou menos — resmungou Quico, torcendo para que o rapaz musculoso parasse com as perguntas, pois elas poderiam revelar que ele não era a pessoa que o Professor queria ver.

— Pelo jeito, o que ele quer é muito importante, porque insistiu para que a gente trouxesse você para cá são e salvo — acrescentou Zé Doidão, provocando um arrepio em Quico, que percebeu que sua farsa não iria durar muito tempo.

— E quando é que o Professor vem para cá? — Quico tentava disfarçar a tensão que transparecia em sua voz.

— Ah, ele não deve demorar, não é, Vadão? — informou Zé Doidão, olhando para o companheiro.

— Bom, ele ficou de passar à noite, mas não disse a hora exata. Não se preocupe que ele costuma ser pontual — Vadão disse a frase e levantou-se da poltrona, dirigindo-se a outro cômodo da casa.

— Escute, onde fica o banheiro? — quis saber Quico, olhando para Zé Doidão.

Este levantou-se da cadeira que ocupava perto da porta, como se estivesse montando guarda, e acompanhou Quico até uma outra porta no lado oposto da sala. Acendeu uma luz igualmente fraca, iluminando um cubículo sujo, e disse:

— Pode ficar à vontade, rapaz, você está em casa. O Professor mandou que a gente desse o melhor tratamento a você.

Quico agradeceu e fechou a porta. E imediatamente pôs-se a examinar o local, verificando se seria possível fugir por ali. Aquele, sem dúvida, era o banheiro mais sujo e apertado em que ele entrara na vida: havia apenas um vaso num canto e um

O Jogo do Camaleão 57

cano na parede, que provavelmente servia de chuveiro. O tipo de banheiro em que uma pessoa, para apanhar um sabonete caído no chão, tinha de sair para poder agachar-se. Olhou para o vitrô e rapidamente percebeu que por ali seria impossível sair, pois era pequeno demais e ficava numa altura inacessível.

Quico encostou-se na parede e coçou a cabeça: sabia que estava numa grande enrascada e não podia contar com a ajuda de ninguém. O Professor, que iria chegar a qualquer momento, devia conhecer Ricardo e então sua farsa chegaria ao fim.

Vadão deu duas batidas na porta e perguntou se estava tudo bem. Quico respondeu que sim e percebeu que estava suando, apesar do frio que fazia. Ele já havia demorado demais dentro do banheiro e concluíra que por ali não conseguiria fugir. Só havia uma alternativa: enfrentar os dois rapazes que o esperavam na sala. Mas como faria isso? Eles eram dois e, para complicar, o tal Zé Doidão era muito forte e tinha uma corrente. Desanimado, Quico deu a descarga e saiu do banheiro.

— Puxa, você está pálido. Não está se sentindo bem? — perguntou Vadão assim que Quico saiu do banheiro.

— Estou, acho que é só o cansaço da viagem — mentiu, enquanto dava uma olhada geral na sala, avaliando quais as possibilidades de enfrentar os dois e fugir dali.

Quico havia acabado de voltar ao seu lugar no sofá quando um assobio longo e forte foi ouvido, provocando-lhe um estremecimento. Zé Doidão, alerta, deu um salto na cadeira e ficou em pé perto da porta, segurando sua corrente em posição de ataque. Ele só relaxou e se afastou da porta quando ouviu mais dois assobios curtos. Houve um momento de tensão entre os três ocupantes da casa e um silêncio que pareceu demorar uma eternidade.

Ouviu-se um ruído de chave sendo introduzida na fechadura e, finalmente, a porta foi aberta. O homem era alto e carregava numa das mãos uma maleta. Seu bigode e seus cabelos longos eram totalmente grisalhos. Vestia um terno cinza e usava óculos de aro grosso. Era o Professor.

12. Uma coleção de arrepiar

RICARDO ESTAVA SENTADO NO CHÃO, num dos cantos do quarto, com o braço apoiado em uma caixa com garrafas vazias. Valdir, com o corpo encostado na mesa, olhava um pote de vidro contra a luz.

— Vo-você quer ver o meu amiguinho, Ri-Ricardo? — perguntou Valdir, exibindo o pote em cujo interior algo se debatia furiosamente.

Ricardo levantou-se e se aproximou, identificando, horrorizado, o conteúdo do vidro.

— Mas é um escorpião...

— Ah, sim, esse é o Cha-Charles, o maior que eu consegui apa-panhar até hoje — informou Valdir, olhando com fascínio para o animal, que tentava escalar as paredes do pote e agitava ameaçadoramente seu enorme aguilhão.

— Você tem outros escorpiões?

— Te-tenho, mas são menores que-que o Charles — explicou Valdir, mostrando outros vidros que se encontravam dentro de uma caixa de madeira. — Você nã-não quer ver de perto?

— Não, não, muito obrigado — Ricardo respondeu, enquanto recuava instintivamente. — E onde você consegue encontrá-los?

— Aqui me-mesmo — disse o menino, e apontou para a pilha de caixas que tomava um bom espaço do cômodo.

Na mesma hora Ricardo resolveu que não voltaria a se sentar no chão e, por precaução, passou as mãos pela roupa. Ele já tinha visto muitas coleções na vida e, pessoalmente, tinha uma vez começado a colecionar selos. Mas aqueles vidros com bichos eram coisa de gente muito doida.

A descoberta de que no lugar onde estava existiam escorpiões apenas aumentou o pânico de Ricardo e a certeza de que precisava fugir dali o quanto antes. Seu vigia e a estranha coleção provocavam medo e ele, sem saber ainda como ia agir, resolveu ganhar tempo:

— Você coleciona outras coisas, Valdir?

— Uma vez eu ti-tive uma cobra, mas ela fu-fugiu — respondeu o outro, com a expressão feliz de quem acabava de descobrir alguém interessado em suas manias. — Hoje eu co-consegui pegar um ra-rato, mas o Careca não me deixou fi-ficar com ele.

Ricardo estava horrorizado, mas procurou fingir naturalidade diante do que acabava de ouvir. E apesar de gago, Valdir gostava de conversar, especialmente quando encontrava alguém que lhe desse atenção:

— É verdade que-que você veio pra cá atrás do-do seu pai?

O Jogo do Camaleão 61

— É, sim, pode acreditar. Quando ele foi embora de casa, eu era muito pequeno. Então é como se eu não o conhecesse — explicou Ricardo, um pouco mais tranquilo porque Valdir guardava os vidros com escorpiões na caixa de madeira. — E você, mora com seus pais?

— Não, eu vivo na rua. Eu fu-fugi de casa faz um tempão. Meu pai be-bebia e batia muito em mim e nos meus irmãos. Tem uma data que-que eu não vejo ele e não sinto fa-falta nenhuma.

— E você não tem vontade de ver sua mãe e seus irmãos?

— Minha mãe já ti-tinha morrido quando eu saí de casa. E meus irmãos também andam por aí, pe-pelas ruas...

Ricardo notou uma expressão triste no olhar de Valdir, enquanto este falava da família. Depois de alguns minutos em silêncio, ele sorriu e continuou:

— Mas eu não li-ligo pra isso, não. Faz uns três anos que-que eu ando com o Ca-Careca e ele cuida de mim como se fosse meu pai. Então, eu não sinto falta de ni-ninguém...

— Eu estou precisando ir ao banheiro, Valdir. Como é que eu faço?

— Espere aí que eu te le-levo. O banheiro fi-fica no corredor. Mas é bom vo-você não tentar nada, viu? — Valdir disse a frase e ao mesmo tempo sacudiu uma navalha perto do rosto de Ricardo, que recuou assustado.

O banheiro ficava no fim do corredor, do lado oposto à saída que dava para a rua. Ricardo entrou e percebeu que Valdir permaneceu no corredor, montando guarda. O plano era fugir, mas a primeira decepção veio quando Ricardo acendeu a luz e descobriu que a porta só fechava pelo lado de fora. O lugar era estreito e ele permaneceu encostado na porta, bloqueando-a. Lá fora, Valdir assobiava.

O cubículo, por não ter janela, era abafado. Com um olhar, Ricardo vasculhou o lugar rapidamente e viu que ali não existia nenhuma possibilidade de fuga. Havia jornais velhos espalhados pelo chão e, apesar do pouco espaço, o banheiro servia também para guardar uma pilha de caixas com garrafas vazias. Ricardo lembrou-se dos escorpiões e um arrepio percorreu-lhe a espinha.

Ele precisava sair dali para encontrar o pai. Fugira de casa, viajara centenas de quilômetros para isso e agora estava numa grande encrenca, prisioneiro da gangue de um tal Camaleão. Estava com medo, mas sabia que teria de agir sozinho, pois ninguém iria encontrá-lo ali. Ricardo respirou fundo e tomou uma decisão: sairia dali na marra, enfrentaria Valdir, sua navalha e seus escorpiões. Nada iria impedi-lo de realizar o sonho de conhecer seu pai.

De repente, um ruído nos jornais o deixou paralisado. Ricardo prendeu a respiração, sem coragem de olhar para o chão. O barulho prosseguiu, cada vez mais perto de seus pés. Ele continuou imóvel, sentindo que ia desmaiar a qualquer momento. Do lado de fora, Valdir continuava assobiando.

O ruído, Ricardo percebeu, indicava claramente alguma coisa deslizando entre os jornais. Isso fez com que seu corpo se esticasse todo, como se quisesse sair dali pelo teto. O barulho aumentava, cada vez mais próximo. A cobra

O Jogo do Camaleão

que havia escapado de Valdir, pensou Ricardo, e o terror que sentia chegou a um nível insuportável. Subitamente, o ruído cessou. Reunindo todas as suas forças e se controlando para não gritar, Ricardo olhou para o chão: um rato enorme fuçava em meio aos jornais. Junto com o alívio, veio uma ideia.

Deixando de lado o nojo misturado ao medo que sentia, ele abaixou-se cuidadosamente e, num gesto rápido, apanhou o animal pela cauda. Ao mesmo tempo, escancarou a porta — o que provocou um sobressalto em Valdir — e exibiu o rato, que se debatia e guinchava desesperado:

— Olhe só o que eu encontrei aqui, Valdir!

Refeito do susto, Valdir veio em sua direção, gritando para que não deixasse o animal escapar. O rato agitava-se, tentando morder a mão de seu captor. Ricardo aproveitou-se desse movimento para, numa manobra súbita, atirá-lo de volta ao banheiro. E mal teve tempo de sair da frente: Valdir passou como um raio, na tentativa de segurar o rato que ainda rolava pelo chão do banheiro.

A ação seguinte foi muito rápida para que houvesse tempo para qualquer reação: Ricardo puxou a porta e acionou o trinco, trancando Valdir e o rato no banheiro. Voltou ao quarto, apanhou a mochila e saiu em velocidade pelo corredor. Já na rua, ele ainda ouviu os gritos, os palavrões e os murros que Valdir desferia contra a porta trancada. Antes de sair correndo pela rua, Ricardo sorriu percebendo que, para xingar, Valdir não gaguejava.

Segunda parte

Um camaleão tem muitas caras

13. O menino errado

— MUITO PRAZER, eu sou o Professor — o homem grisalho disse, estendendo a mão na direção de Quico.

Ele havia acabado de entrar na casa e praticamente ignorou Vadão e Zé Doidão, concentrando de imediato seu interesse no menino sentado no sofá. Levantando-se, Quico aceitou o cumprimento e percebeu que a mão do homem estava quente.

— Faz muito tempo que eu quero vê-lo — o Professor prosseguiu e, sem soltar a mão de Quico, pareceu examiná-lo da cabeça aos pés. — Espero que você tenha feito boa viagem e que os meninos tenham tratado você bem...

— Ah, sim, eles me deixaram à vontade — informou Quico, incomodado com o fato de o homem não largar sua mão.

Vadão e Zé Doidão se entreolharam, cúmplices. E sorriram, porque a missão tinha sido cumprida com sucesso. Nesse momento, o Professor lançou um olhar estranho para os dois. E disse:

— Na verdade, eles não passam de dois incompetentes...

O Jogo do Camaleão 67

O sorriso sumiu da face da dupla. Vadão e Zé Doidão olhavam agora espantados para o homem, sem entender que tipo de brincadeira era aquela. Repentinamente, o Professor colocou a mão no peito de Quico e empurrou-o com violência em direção ao sofá. Dirigindo-se à dupla, que continuava sem compreender o que estava acontecendo, ele prosseguiu:

— Tão incompetentes que foram incapazes de apanhar um menino na rodoviária e trazê-lo para cá...

— Mas, Professor, nós cumprimos sua ordem — balbuciou Vadão, abrindo os braços, desconcertado. — O menino não está aqui?

— Idiota — o Professor falava aos gritos —, este não é o garoto que eu mandei vocês trazerem.

Vadão e Zé Doidão olharam surpresos para Quico, que, aproveitando-se da confusão, levantou-se do sofá e correu em direção à porta. Mas não chegou a atravessar a sala: Zé Doidão apanhou-o no meio do caminho e imobilizou-o de encontro ao chão.

— Estão vendo? Vocês foram enganados feito dois otários. E trouxeram um menino errado para cá — bradou o Professor, aproximando-se de Quico. — Afinal, quem é você?

— Eu sou o Quico... — o menino respondeu com dificuldade, pois Zé Doidão usava toda a sua força para pressioná-lo no chão.

— Vocês não prestam pra nada mesmo — a voz do Professor demonstrava grande irritação. — Como é que foram enganados dessa maneira?

— Ele chegou no ônibus de São Paulo e a gente notou que era muito esperto, pois estava sendo seguido e conseguiu despistar dois caras estranhos — explicou Vadão, nervosamente. — Pelo modo como ele agiu, só podia ser o menino que o senhor queria ver...

— Vocês fizeram papel de bobos, Vadão. — O Professor acendeu um cigarro e sentou-se no sofá. — Logo que eu entrei aqui, percebi que vocês tinham feito burrada e capturado a pessoa errada. Eu não falei para vocês que o menino usava óculos?

— Uai, mas esse aí contou que tinha perdido os óculos, Professor... — respondeu Vadão, olhando com ódio para Quico.

— É verdade, Professor. E lá na rodoviária ele disse que conhecia o senhor... — defendeu-se Zé Doidão, que continuava segurando Quico no chão.

A gargalhada do Professor ecoou na sala, provocando arrepios em todos ali. Ele dirigiu seu olhar duro para Vadão:

— Lógico que ele disse isso. Você mesmo, Vadão, não acaba de dizer que ele é esperto? Então, rapaz, foi fácil para ele perceber que estava lidando com dois trouxas.

Zé Doidão, que estava furioso por ter passado por bobo, começou a apertar a garganta de Quico, enquanto perguntava:

— Muito bem, espertinho, por que você falou que conhecia o Professor?

— Não faça isso, imbecil, você só vai piorar as coisas — berrou o Professor, vendo que Quico já punha a língua de fora e começava a sufocar. — Você pensa que força bruta resolve tudo? Use a pouca inteligência que você tem e o resultado será diferente, quer ver?

O Jogo do Camaleão 69

O Professor pegou Quico pelo braço, enquanto este tossia violentamente. Quando o garoto conseguiu recobrar o fôlego, o homem grisalho fez com que se sentasse no sofá e disse:

— Ok, Quico, já deu para sentir como o Zé Doidão age quando fica nervoso, né? Agora você vai me contar o que está fazendo aqui em Belo Horizonte e como é que estes dois patetas confundiram você com o menino que eu queria ver.

— Eu não sei, Professor — Quico falou, enquanto passava a mão na garganta —, eu tinha acabado de desembarcar na rodoviária quando eles apareceram e me arrastaram para cá...

— Isso é mentira — interveio Vadão —, ele estava sendo seguido por dois caras e inclusive o Zé teve de dar um jeito neles para que a gente conseguisse sair de lá.

— E o que você me diz disso? — A voz do Professor demonstrava calma nesse momento: parecia muito mais um pai compreensivo que conversa com o filho a respeito de notas baixas na escola.

— Tá legal. No ônibus em que eu viajei tinha dois caras que resolveram me seguir, mas eu não sei por quê.

— E o que você está fazendo na cidade? — prosseguiu o homem, jogando o cigarro no chão e esmagando-o com o sapato.

— Eu vim visitar a minha tia — mentiu Quico.

— Boa história, meu rapaz. Mas ninguém precisa ser muito inteligente para perceber que é inteiramente falsa. — O Professor sorria, enquanto passava a mão pelos cabelos longos. De repente, o tom de sua voz mudou: — Escute aqui, você já brincou demais. Ninguém é seguido por dois estranhos sem um bom motivo. Está na hora de contar a verdade, você não acha?

— Está bem. Eu vim a Belo Horizonte para me encontrar com um cara chamado Camaleão.

Vadão e Zé Doidão trocaram olhares de surpresa: foi nesse instante que eles entenderam por que haviam visto os integrantes da quadrilha rival circulando pela rodoviária. O Professor continuava olhando para Quico, esperando a continuação da história.

— Mas eu percebi no ônibus que estava sendo seguido por dois caras e resolvi usar um menino que conheci no ônibus, o Ricardo. Acho que era ele que o senhor queria ver, não é?

— Você é muito inteligente, Quico. O único problema é que está ligado a um grande inimigo nosso aqui em Belo Horizonte, o Camaleão — explicou o Professor, com um sorriso nos lábios. — E onde está esse Ricardo agora?

— Olhe, ele desceu do ônibus antes, e inclusive levou uma jaqueta que eu emprestei pra ele. Mas eu não sei o que aconteceu com o Ricardo depois. — Quico percebeu que a história deixava seus captores satisfeitos. O que era ótimo, pois até aquele momento ele não mencionara a encomenda trazida de São Paulo.

— Espere um pouco aí, Professor — interrompeu Vadão —, nós vimos os caras da gangue do Camaleão na rodoviária. Pode ser que eles tenham pegado esse tal de Ricardo...

— O que você acha, Quico? — O Professor ajeitou os óculos no rosto.

— Não sei, pode ser. Na hora em que eu desci do ônibus, tive de agir rápido pra escapar do cara que estava me seguindo e perdi o Ricardo de vista.

O Jogo do Camaleão 71

O Professor levantou-se do sofá, apanhou a pasta que havia trazido e sorriu. Depois, dirigiu-se a Vadão:

— Só há uma maneira de corrigir a burrada que vocês fizeram. Voltar à rodoviária e procurar o Ricardo. Ele não conhece ninguém aqui na cidade e pode estar escondido por lá.

— E se ele foi apanhado pelos caras do Camaleão? — era a dúvida de Zé Doidão, que voltara a brandir sua corrente.

— Boa questão, Zé — disse o Professor. — Se isso aconteceu, nós temos condição de fazer uma troca com eles, vocês não acham? Afinal, o menino que interessa a eles está aqui conosco. O único problema vai ser contatá-los, mas isso vocês saberão como fazer, não é?

Vadão sorriu, aliviado: ele já tinha um plano para tentar corrigir o erro da operação e o Professor parecia mais calmo. Segurando sua pasta, ele já estava perto da porta, e lançou uma última advertência:

— Eu vou sair para ver outros negócios, Vadão. Vocês já sabem o que têm de fazer.

— Claro, Professor — Vadão concordou, olhando para Zé Doidão e para Quico, que estava encolhido no sofá. — A gente vai entrar em ação agora mesmo.

— Ótimo — disse o homem grisalho, enquanto abria a porta. — Cuidado para que este menino não fuja. Como já deu para sentir, ele é bem mais esperto do que vocês dois juntos. E desta vez eu não vou admitir falhas, certo?

Dito isso, o Professor saiu para a noite lá fora. Depois de alguns momentos de silêncio, Vadão comandou:

— Pegue o carro, Zé, e volte para a rodoviária. O Pimentinha ainda deve estar por lá e pode ter alguma novidade para a gente. Veja se descobre onde foi parar esse tal de Ricardo. Eu vou ficar aqui tomando conta desse nosso amigo espertinho...

Zé Doidão guardou a corrente e, antes de sair, olhou para Quico, perguntando se Vadão não preferia ir para a rodoviária e deixar o menino sob sua guarda.

— Não, Zé, por enquanto eu fico com ele. Mas eu prometo: se a gente não conseguir pegar o Ricardo, você poderá descarregar a sua raiva nele, ok?

Quico encolheu-se ainda mais diante dessa ameaça. E sentiu um certo alívio quando Zé Doidão saiu. Pouco depois, ouviu-se o motor do Fiat sendo acionado e o carro partindo. Vadão voltou a ocupar a poltrona perto de Quico e avisou:

— Agora, meu amigo, temos de torcer pra que tudo corra bem. Senão, você está frito.

14. Ouvindo conversa alheia

O FUSCA VERMELHO foi estacionado sob o viaduto e três vultos saltaram rapidamente, caminhando em direção à rodoviária. Paulão foi o primeiro a notar que havia algo errado no local e alertou Careca e Zezé para isso: um número muito grande de policiais circulava nervosamente por todos os setores da rodoviária. E eles pareciam estar realizando uma busca minuciosa.

— Xi, pintou alguma sujeira aqui — advertiu Careca.

Ele e seus dois companheiros permaneceram escondidos atrás de um carro no estacionamento da rodoviária, enquanto estudavam uma maneira de agir. Dois policiais utilizando rádios passaram por entre os carros, próximos do local onde eles estavam, o que fez com que se agachassem rapidamente.

— Não vai dar para ficar aqui assim, não — opinou Paulão, olhando os policiais que se afastavam —, a gente vai ser apanhado já, já.

— É, isto aqui está muito perigoso, Paulão — Careca, que permanecia abaixado, concordou —, mas precisamos descobrir o que aconteceu para tantos ratos estarem aqui ao mesmo tempo.

— Acho que o jeito vai ser a gente se separar, para não chamar tanto a atenção — sugeriu Paulão. — Assim temos condição de dar uma geral na rodoviária e tentar encontrar esse Quico.

— É uma boa ideia, você não acha, Careca? — manifestou-se Zezé, trêmula. Ela era a mais nervosa dos três com a presença da polícia. Na verdade, naquele momento era forte o seu desejo de arrastar-se para debaixo do carro que os ocultava.

— Olhem, acho que essa é uma ideia ótima, desde que a gente tome cuidado para não ser visto pela polícia, certo? — disse Careca, acrescentando: — Vamos nos separar então. Zezé, você desce para o local de embarque; Paulão vai para o desembarque, e eu me encarrego de entrar no saguão.

Diante da concordância dos dois, Careca combinou que no prazo de uma hora eles voltariam a se encontrar ali no estacionamento. Paulão foi o primeiro a se esgueirar por entre os carros e, após alguns minutos, Zezé fez o mesmo. Careca ajeitou a arma que levava na cintura, cobrindo-a com a camisa, e, em seguida, caminhou calmamente em direção à entrada da rodoviária.

E de cara notou que a coisa estava bem pior do que ele imaginava. Dezenas de policiais, sempre em dupla, circulavam pelo saguão em meio aos passageiros que aguardavam o horário de embarcar. Eles pareciam vasculhar o local em busca de alguma coisa ou de alguém.

Um casal de meia-idade carregando muitas malas passou perto de Careca e ele aproveitou-se da situação para andar distrai-

O Jogo do Camaleão 75

damente ao lado dos dois, como se os estivesse acompanhando. Procurando não chamar a atenção de ninguém, ele parou no caixa de uma das lanchonetes e pediu um café. Encostou-se no balcão e fez seu pedido a uma garçonete. Enquanto aguardava, ele percebeu que aquele era um local privilegiado: dali, podia ver toda a extensão do saguão da rodoviária e acompanhar a movimentação dos policiais.

No momento em que a xícara de café fumegante foi posta à sua frente, um policial encostou-se ao seu lado e também pediu café à garçonete. Careca gelou e instintivamente colocou a mão na cintura, por sobre a camisa, apalpando seu revólver. Dois homens de paletó se aproximaram e também pediram café. Em seguida passaram a conversar com o policial. Um deles era gordo e o outro, um ruivo, tinha um curativo enorme no rosto e seu paletó estava manchado de sangue. Careca fingiu que tomava vagarosamente seu café e prestou atenção à conversa.

— Pois é, tenente — o gordo se dirigia ao policial fardado —, o rapaz parece que evaporou.

— Calma, Murilo, se ele ainda estiver aqui na rodoviária, a gente vai acabar por encontrá-lo. E aí, Lima, está doendo muito ainda?

— Não, a dor já está passando — era o ruivo falando, enquanto passava a mão sobre o curativo no rosto.

— Mas foi uma pancada e tanto — comentou o gordo. — O rapaz era muito rápido, tenente. Calcule que ele teve tempo de me chutar duas vezes e ainda acertar o Lima com uma corrente.

— Esses meninos são perigosos. A gente nunca sabe do que eles são capazes — prosseguiu o tenente.

— A essa hora ele já deve estar longe — opinou Lima, enquanto bebia seu café. — E o pior é que deve ter levado com ele o menino que a gente veio seguindo desde São Paulo.

— Essas quadrilhas juvenis são fogo, meu caro — disse o tenente, coçando a cabeça. — Elas dão um trabalhão...

— Mas tem sempre um adulto no comando, não é mesmo? — Murilo fez o comentário e percebeu, desgostoso, que havia derrubado café no paletó.

— As duas principais quadrilhas aqui de Belo Horizonte são chefiadas por dois bandidos, conhecidos por Camaleão e Professor. Não sabemos quem eles são na verdade. Esse Camaleão, inclusive, é um cara que está sempre disfarçado, ninguém conhece a sua verdadeira identidade. O menino que vocês seguiam provavelmente está ligado a uma das duas...

— Ou às duas, tenente — interrompeu Lima. — Lembre-se de que a gente acabou descobrindo dois meninos no ônibus e não sabia qual dos dois era o que nos interessava.

— Bem, de qualquer forma, eles conseguiram despistar vocês dois, não foi? — perguntou o policial, com ironia, enquanto terminava seu café.

— Um deles estava quase nas nossas mãos. Mas aí surgiu esse rapaz musculoso e pegou a gente de surpresa — relembrou Murilo. — A única coisa que consegui ver foi que ele tinha uma tatuagem no braço...

— É uma pista interessante, Murilo — disse o tenente, pondo a mão no ombro do gordo. — Bem, está na hora de retomar a nossa busca. Se não encontrarmos nada aqui, vamos dar uma *blitz* geral na cidade. Não se preocupem: para nós é uma questão de honra prender um rapaz que teve a coragem de atacar dois policiais federais.

Careca virou o rosto e ficou olhando o trio se afastar rumo ao saguão. Ele tinha ouvido toda a conversa e estava assustado. Começava a entender o que estava acontecendo: desde o momento em que saíra de São Paulo com a encomenda para o Camaleão, Quico estava sendo seguido pelos federais. E, para piorar as coisas, tudo levava a crer que tinha sido apanhado pela quadrilha do Professor. Não havia dúvida de que o rapaz musculoso e tatuado que agredira os policiais era Zé Doidão, que Careca conhecia muito bem.

Ele sabia que a polícia estava fazendo uma verdadeira caçada. Portanto, Zezé e Paulão corriam riscos permanecendo na rodoviária. Tinham de sair dali o mais rápido possível. Careca deixou a lanchonete devagar. Dois policiais que passavam por ali olharam para ele demoradamente. Ele procurou fingir naturalidade e se afastou em direção à área de desembarque da rodoviária.

15. Pimenta tem sabor ardido

PAULÃO MAL HAVIA CHEGADO ao setor de desembarque e percebeu que sua busca ali não seria fácil. Duplas de policiais estavam paradas em vários pontos e acompanhavam atentamente o movimento das pessoas que desembarcavam com suas malas e sacolas.

Ele resolveu ser cuidadoso e ocultou-se por trás dos ônibus estacionados, de onde poderia examinar o local sem ser visto. Estava achando difícil que o menino que procuravam estivesse por ali àquela hora.

"Vai ver ele até já foi apanhado pela polícia, e os ratos agora estão à procura do resto da quadrilha", ele pensou.

Paulão não tinha dúvida de que era muito perigoso ficar de bobeira ali. E tudo por causa de um engano cometido por Careca, que havia apanhado o garoto errado. No fundo, ele estava feliz com aquele erro: era uma boa oportunidade para que o Camaleão, vendo que ele era muito mais esperto que Careca, colocasse-o na liderança do grupo. E se ele conseguisse encontrar o tal Quico, aí as coisas ficariam ainda mais fáceis.

O Jogo do Camaleão 79

Ele estava comemorando mentalmente essa vitória sobre o companheiro quando algo despertou sua atenção. À sua frente, escondido atrás de um ônibus, viu um rapaz magrinho com uma característica que ele jamais confundiria: os cabelos espetados e tão ruivos que chegavam a ser vermelhos. Daí seu apelido: Pimentinha.

Ele estava de costas, atento ao movimento na plataforma de desembarque. Assim, Paulão pôde aproximar-se silenciosamente. E, num movimento brusco, pegá-lo pelo pescoço. Em seguida, arrastou-o até um local onde não corriam risco de serem vistos. Pimentinha tentou se debater, mas Paulão era bem mais forte e dominou-o.

— Calminha agora, Pimenta. E não faça barulho. Você já deve ter visto o que tem de ratos por aqui. Eles vão adorar receber de bandeja um fugitivo da Febem, você não acha?

— O que você quer? — Pimentinha falava com dificuldade, pois o abraço de Paulão quase o sufocava.

— Em primeiro lugar eu quero saber o que você está fazendo aqui.

— Escute, por que você não me solta pra gente conversar?

— Nada disso — Paulão falou e, ao mesmo tempo, apertou ainda mais o braço em torno do pescoço do outro. — Acho bom você começar a dar o serviço ou então vai morrer sem ar...

A primeira sensação de Paulão foi de algo encostando em sua perna esquerda. Depois, a impressão que teve é de que sua calça estava sendo rasgada, na altura da coxa. A sensação seguinte não deixou dúvida nenhuma: era pura dor.

Foi então que ele percebeu que seu prisioneiro tinha uma faca na mão e, mesmo imobilizado, tinha conseguido fazer um rasgo em sua perna.

A dor fez com que ele soltasse o pescoço de Pimentinha, que voltou a golpeá-lo, desta vez buscando seu rosto. Paulão afastou-se a tempo e a faca passou a centímetros de seu nariz. Ele cometera um erro descuidando-se das mãos de Pimentinha, que era famoso entre as gangues juvenis pela habilidade que tinha com uma faca. Paulão segurava o ferimento, que sangrava bastante, e percebeu, horrorizado, que o outro se preparava para atacá-lo novamente.

— Muito bem, idiota, agora a gente vai conversar — Pimentinha ia falando e agitando a arma na altura do rosto do adversário, que ia recuando, até que se encostou na parede.

Encurralado, Paulão percebeu no rosto de Pimentinha um sorriso maldoso. Estavam ocultos por uma parede e naquela situação o outro poderia cortá-lo à vontade sem que ninguém notasse. O pior é que não podia gritar, pois atrair a atenção da polícia era a última coisa que ele desejava.

— E então, você vai falar o que está querendo aqui ou vou ter de usar a faca de novo? — Pimentinha estava a pouca distância e ficava passando a faca de uma mão para outra, para desespero do rapaz.

— Espere aí, Pimenta, você já me machucou — queixou-se Paulão, notando que o sangue começava a empapar sua calça. — Guarde essa arma e a gente conversa numa boa.

O Jogo do Camaleão 81

— Você está pensando que eu sou bobo? Se quisesse conversar numa boa você não tinha me agarrado pelo pescoço, não é? — Após essa frase, Pimentinha ergueu a arma e preparou-se para o ataque.

Antes que ele abaixasse a faca na direção de Paulão, um golpe forte atingiu por trás a sua mão, fazendo com que ele soltasse a arma. Ele não teve tempo para reagir, pois Careca agarrou-o pelo pescoço.

— Cuidado com ele, Careca, eu caí na besteira de fazer isso e olhe o resultado...

— Comigo a coisa é diferente, Paulão. Não vai ser um moleque metido a perigoso que vai me machucar.

— Espere aí, pô, eu não fiz nada pra vocês... — reclamou Pimentinha, que começava a se sentir sufocado de novo.

— A gente só quer conversar, cara. Mas eu quero ter certeza de que você não vai tentar nenhuma bobagem — avisou Careca, livrando o pescoço de Pimentinha, ao mesmo tempo em que torcia seu braço. — Eu quero saber se vocês apanharam uma pessoa hoje aqui na rodoviária. Vamos, fale!

— Espere um pouco, ai, você está machucando o meu braço.

— Careca, acho melhor a gente ir conversar em outro lugar. Isso aqui tá cheio de policiais. — A advertência era de Paulão, que segurava a perna ferida.

— Eu sei disso. Tem até dois federais lá em cima, mas esse pivete vai falar rapidinho, senão eu parto os ossos dele. — Careca falava e ia aumentando a pressão no braço de seu prisioneiro. — Vamos, Pimenta, desembucha de uma vez! Cadê o nosso garoto?

— Ai, eu não sei do que você está falando...

Uma corrente bateu na altura do ombro de Careca e o golpe foi forte o suficiente para desequilibrá-lo e fazer com que soltasse Pimentinha. Paulão também foi surpreendido pela chegada de Zé Doidão: ao tentar um movimento mais brusco, a perna machucada falseou e ele caiu no chão.

— Acabou o piquenique, rapazes. Já vou avisando, a próxima correntada vai na cabeça de quem tentar alguma coisa. — Brandindo a corrente, Zé Doidão praticamente encurralara Careca e Paulão de encontro à parede. Pimentinha, que recuperara sua faca, dava pulos de alegria:

— Boa, Zé, vamos aproveitar para acabar com a raça desses dois caras aqui mesmo...

— Nada disso, Pimenta — interveio Zé Doidão, pondo a mão no peito do companheiro —, você já fez um estrago grande naquele ali. Temos de sair daqui rápido. Não vai demorar muito para que os policiais peguem a gente. Tudo o que eu quero é dar uma palavrinha com esses nossos amigos aqui. Careca, pelo que eu ouvi vocês estão querendo aquele menino que nós apanhamos aqui, não é?

— Ah, então vocês pegaram ele mesmo? Onde é que ele está? — Careca passava a mão no ombro atingido pelo golpe.

— Calminha, rapaz, primeiro eu quero saber o que a gente leva em troca se entregar o pivete pra vocês. — Zé Doidão falava e ia girando a corrente ameaçadoramente. — A gente também estava esperando um menino e até agora eu não sei o que foi feito dele.

O Jogo do Camaleão 83

Careca e Paulão se entreolharam e sorriram, entendendo o que havia acontecido.

— Tudo bem, Zé, houve uma grande confusão, mas agora eu sei o que aconteceu. Vocês pegaram o nosso menino e a gente capturou por engano o menino que interessa a vocês. O nome dele não é Ricardo? — Careca perguntou, sem tirar os olhos da corrente, que girava no ar provocando um ruído fino.

— É esse mesmo, Careca — confirmou Zé Doidão.

— Muito bem, então eu proponho uma troca. Que tal?

— Acho que é a melhor solução. Como é que você quer fazer a coisa? — Zé Doidão continuava contendo Pimentinha, que, de faca em punho, ameaçava a todo instante avançar sobre os adversários.

— Vamos cair fora daqui já porque os dois federais que você atacou ainda estão por aqui, à sua procura. Vamos fazer assim: você volta para o seu esconderijo, traz o menino e a gente se encontra daqui a algumas horas para fazer a troca. Onde você quer fazer o negócio? — Careca agora ajudava Paulão a se colocar em pé.

Zé Doidão pensou por alguns instantes, enrolou a corrente e depois disse:

— Tudo certo, antes de o dia clarear a gente se encontra no viaduto Santa Teresa. Está bom para vocês?

— Está ótimo — concordou Careca, que agora servia de apoio para Paulão. — Lá estaremos livres dos tiras. Vamos dar o fora que tem muito rato por aqui.

— Então, vamos embora — disse Zé Doidão, enquanto

puxava Pimentinha pela camisa. — A gente espera lá até o sol aparecer, combinado? E é bom não tentar nenhum truque, hein?

— Pode deixar, Zé, o Quico interessa muito pra nós — replicou Careca, já caminhando para a saída da rodoviária. — Vamos pegar a Zezé e dar o fora, Paulão.

O companheiro ia ao seu lado, mancando bastante. Zé Doidão ficou observando a dupla e notou que Pimentinha ainda não guardara a faca.

— Não sei por que você não acabou com os dois aqui — comentou o menino ruivo.

— Calma, Pimenta. Tudo tem sua hora certa.

16. Alguém em casa?

PASSAVA UM POUCO DAS OITO E MEIA DA NOITE quando Ricardo chegou à avenida Afonso Pena, na região central de Belo Horizonte.

Nas calçadas, muitas pessoas ainda estavam nos pontos de ônibus à espera da condução que as levaria para casa depois de mais um dia de trabalho.

Olhando os prédios, Ricardo concluiu que o centro de Belo Horizonte era muito parecido com o de São Paulo. Ele já estava distante do local de onde havia escapado e se sentia mais seguro.

O esconderijo da gangue do Camaleão ficava numa rua estreita e escura. Um local barra-pesada, pensou Ricardo, lembrando que em sua fuga havia cruzado com homens e mulheres andando por ruelas mal iluminadas em atitude suspeita. Estava satisfeito por ter se afastado de lá e por andar agora numa avenida movimentada e iluminada. Ali ele se sentia fora de perigo, embora continuasse a caminhar apressadamente. Ventava muito e o movimento de carros na Afonso Pena era intenso.

Depois de conferir o dinheiro que carregava, Ricardo acenou para um táxi e, tirando a fotografia do bolso da calça, leu o endereço que estava anotado em seu verso: praça Raul Soares, edifício JK. Era para lá que ele queria ir, informou ao motorista. Este emitiu um grunhido incompreensível enquanto acionava o taxímetro e, numa manobra rápida, colocou o táxi no fluxo de veículos que seguia pela Afonso Pena.

Durante o trajeto, Ricardo distraiu-se observando a cidade: desde que chegara, aquela era a primeira oportunidade que ele tinha de fazer aquilo com tranquilidade. E isso fez com que ele mudasse um pouco a conclusão a que chegara minutos antes: Belo Horizonte era bem diferente de São Paulo, ele percebeu. Embora fosse grande o volume de carros e pessoas pelas ruas, parecia que tudo era feito com menos pressa, com uma urgência menor. Era uma cidade bonita e talvez fosse um bom lugar para se morar, avaliou Ricardo. Era possível que seu pai tivesse decidido viver ali por essa razão: uma cidade grande, mas sem aquela agitação violenta de São Paulo.

Ricardo notou que as palmas de suas mãos estavam suadas: dentro de mais alguns momentos ele finalmente iria se encontrar com seu pai e isso provocava um certo nervosismo. Ele era incapaz de adivinhar qual seria a reação de Rubens ao vê-lo. Ao mesmo tempo, ficava tentando imaginar como estaria, depois de tantos anos, o homem que aparecia ao lado da mãe na foto. Nesse instante, se lembrou dela: que estaria ela fazendo em São Paulo? Estaria zangada, desesperada? Teriam ela e o avô ido à polícia? Uma coisa era certa, pensou Ricardo: conhecer

O Jogo do Camaleão

o pai era um sonho que ele alimentava há muitos anos e que, agora, estava prestes a se realizar. O nervosismo, portanto, não o incomodava. Ele estava imerso nesses pensamentos quando a voz do motorista anunciou:

— Praça Raul Soares, rapaz. E o edifício JK é aquele ali.

Ricardo pagou a corrida e saltou do táxi, caminhando em direção ao prédio que o motorista havia indicado. Ao se aproximar, sentiu um frio na barriga. Na recepção do edifício, um homem negro, sentado a uma mesa com telefone, conversava animadamente com um velho de chapéu. Ele temia que sua fuga de casa houvesse sido comunicada e, de alguma forma, alguém tentasse impedi-lo de encontrar o pai. Por isso decidiu evitar o contato com o porteiro. Como era impossível passar pela recepção sem ser visto, Ricardo resolveu aguardar uma oportunidade melhor para entrar. E ficou na rua, como quem não quer nada, sem tirar os olhos da entrada do edifício.

Dois rapazes vinham pela rua discutindo futebol e rindo alto. Quando eles deram a entender que entrariam no prédio, Ricardo percebeu que seria a sua grande chance de entrar sem ser notado. Caminhou com as mãos no bolso e a cabeça baixa, a pouca distância dos dois. E, ao chegar à recepção, enquanto os dois rapazes se dirigiam para o elevador, ele caminhou em direção às escadas. Vibrou quando descobriu que o plano funcionara: o homem da recepção nem sequer o olhara. Para todos os efeitos, ele era apenas mais um morador do edifício. E começou a subir a escada, rumo ao quinto andar, onde, de acordo com o endereço na foto, morava seu pai.

A luz do corredor era fraca, mas mesmo assim Ricardo percebeu que aquele prédio estava longe de ser considerado um edifício de luxo. Aquilo o decepcionou um pouco, pois no íntimo ele calculava que o pai estivesse em melhor situação financeira do que aquela em que ele vivia com a mãe e o avô em São Paulo. Por outro lado, era difícil saber como viviam as pessoas de um prédio julgando só pelo aspecto do corredor. Ricardo riu de seus pensamentos e notou que sua respiração estava ofegante por causa do esforço feito para subir os cinco andares.

Permaneceu alguns minutos parado diante da porta do apartamento 501. Ajeitou os óculos, passou a mão pelos cabelos e acertou a gola da jaqueta xadrez que Quico lhe emprestara. Por fim, tomou fôlego e apertou a campainha. Durante alguns segundos nada aconteceu. Ricardo olhou para o corredor deserto e repetiu a operação. O resultado foi o mesmo. Aparentemente não havia ninguém em casa e uma dúvida assaltou Ricardo: e se o pai estivesse viajando? Ou mesmo se houvesse se mudado dali?

Ele tentou a campainha pela terceira vez e o resultado foi idêntico. O único ruído que se ouvia era o do elevador sendo acionado nos diversos andares. Ricardo começou a entrar em pânico: estaria numa boa enrascada se não conseguisse encontrar o pai. Numa cidade que não conhecia, ele não tinha sequer lugar para passar a noite. E começava a sentir fome.

Consciente de que perder a calma só iria complicar ainda mais as coisas, resolveu descer para comer alguma coisa. E decidiu que mais tarde voltaria. Afinal, seu pai podia muito bem estar ainda trabalhando naquele horário.

O Jogo do Camaleão 89

Ricardo desceu as escadas, passou pela recepção e saiu à rua. A praça Raul Soares era um enorme espaço circular arborizado. E, apesar do frio, casais de namorados ocupavam os bancos ali existentes. Havia um bar numa das esquinas que davam para a praça e ele o escolheu para fazer uma refeição rápida.

O local estava apinhado de gente: homens e mulheres se acotovelavam no balcão bebendo cerveja. Nas mesas, homens de gravata discutiam os mais variados temas. Ricardo encontrou uma mesa vaga e sentou-se, pedindo um sanduíche e um refrigerante ao garçom que veio atendê-lo. Enquanto aguardava, ficou observando os homens que riam alto encostados ao balcão. Considerou a possibilidade de que um deles poderia ser seu pai e gastou um longo tempo estudando rostos, tentando constatar se algum deles tinha os traços do homem que aparecia na foto que carregava.

Mastigou devagar o hambúrguer que o garçom colocou à sua frente e, com a mesma lentidão, bebeu um gole do refrigerante. Não havia pressa e ele tinha mesmo de ganhar tempo até poder voltar ao edifício JK.

17. Rebelião na gangue

QUANDO O FUSCA VERMELHO estacionou na rua Guaicurus, o bar em cujos fundos se reunia a gangue do Camaleão já estava fechado. Careca foi o primeiro a descer e, em seguida, auxiliou Paulão, que segurava a perna ferida, a fazer o mesmo.

— Esconda esse carro em outro lugar, Zezé — ordenou Careca à garota ao volante do Fusca. — A gente só vai precisar dele de madrugada, quando for fazer a troca.

Enquanto Zezé manobrava o Fusca, Careca entrou pelo corredor ajudando Paulão, que andava com dificuldade. Foi então que os dois viram a porta do esconderijo escancarada e a luz acesa. Ao mesmo tempo, ouviram os gemidos que vinham do banheiro fechado. Careca murmurou um palavrão e correu para lá, deixando de apoiar Paulão, que por pouco não caiu.

Quando a porta do banheiro foi aberta, a cena fez Careca perder a fala: encolhido em um canto, Valdir choramingava segurando um rato com as duas mãos. O tapa de Careca fez o animal voar longe. Em seguida, ele agarrou Valdir pela camisa e arrastou-o para fora do banheiro.

O Jogo do Camaleão

— O que aconteceu? — Paulão se aproximava encostando o corpo na parede.

— Não é difícil saber. Esse palerma aqui deixou o nosso prisioneiro escapar. — A expressão do rosto de Careca mostrava que ele estava fora de si.

Valdir, aterrorizado, foi puxado com violência para dentro do cômodo que funcionava como esconderijo. Com fúria, foi jogado ao chão, perto das caixas de garrafas.

— Muito bem, imbecil, você quer explicar o que aconteceu? — Careca havia cruzado os braços e permanecia parado perto de Valdir, que chorava, encolhido.

— Ele me-me enga-ganou, Ca-Careca — balbuciou Valdir, agarrando-se às pernas do líder da gangue.

— Enganou? Como? — Careca pôs as mãos na cabeça. — Quer dizer que o perigoso Valdir Gaguinho bancou o bobo com um cara inofensivo?

— Ele não era ino-ino-inofen... — O menino no chão, nervoso, não conseguia concluir a frase.

Careca perdeu a paciência e, agarrando Valdir pela camisa, colocou-o em pé e gritou próximo de seu rosto:

— Quer parar de bancar o maricas e falar como homem? O que aconteceu?

— Ele... ele me obrigou a entrar no ba-banheiro...

— Ora, seu idiota, você espera que eu acredite nisso? Como ele fez isso?

— É que tinha um ra-rato lá...

Valdir nem pôde completar a explicação: a bofetada violenta de Careca atingiu em cheio o seu rosto e jogou-o de novo ao chão.

— Zezé, que acabara de entrar, correu na direção de Careca, na tentativa de conter sua raiva.

Espere aí, Careca, não precisa bater no Valdir assim...

Mas ele estava incontrolável: quando Zezé tocou seu ombro, Careca virou-se e seus olhos tinham um brilho que ela nunca havia visto. E também experimentou algo que nunca havia sentido: a força da mão do namorado. O tapa foi tão forte quanto o que havia atingido Valdir e jogou Zezé de encontro à mesa.

Mesmo mancando, Paulão resolveu intervir. Mas, quando ele fez o primeiro movimento na direção do líder da gangue, a mão de Careca foi muito mais rápida e, como num passe de mágica, surgiu empunhando o revólver:

— Tente alguma coisa e eu faço um estrago bem maior do que o Pimenta fez em sua perna...

— Espere aí, Careca — Paulão abriu os braços e recuou —, eu só acho que você não deve perder a cabeça assim...

— Como não? Eu estou rodeado de incompetentes — ele agitava ameaçadoramente o revólver enquanto falava. — Se eu não chego a tempo na rodoviária, o Pimenta tinha feito picadinho de você. Agora descubro que esse bobão aqui deixou o cara escapar. O que você quer que eu faça, que dê os parabéns a todos aqui?

Eu também acho que não vai resolver nada você... — tentou dizer Zezé, que passava os dedos no lábio ferido pelo tapa.

— Você cale a boca — berrou Careca, voltando-se para a namorada. — Eu já tenho problemas demais para ficar escutando palpite de mulher.

O Jogo do Camaleão

— Muito bem. E o que a gente vai fazer? — quis saber Paulão, enquanto se sentava sobre a mesa.

— É nisso que eu estou tentando pensar — explicou Careca. — Acho que nem adianta perguntar pra esse boboca do Valdir pra que lado o Ricardo foi, né?

— Eu es-estava trancado no ba-banheiro...

Careca riu. Mas era um riso estranho, nervoso, coisa de gente que está fora de si. Em seguida ficou sério e, ainda empunhando o revólver, falou:

— A gente vai ter de achar esse menino de qualquer maneira. E não temos muito tempo pra isso, não. Quando o dia clarear, vamos ter de aparecer com ele lá no viaduto Santa Teresa.

— Pois é, mas onde a gente vai procurar por ele? — perguntou Paulão.

— E eu sei lá? A única coisa que eu sei é que ele vai ter de ser encontrado. De qualquer jeito...

— Isso eu também acho.

Essa frase fez com que todos se virassem em direção à porta do cômodo. Se fosse pela figura — um homem de chapéu amarrotado, com um paletó sujo e uma barba desgrenhada — todos pensariam estar diante de um mendigo. Mas a voz rouca não deixava dúvidas: era o Camaleão com mais um de seus disfarces perfeitos.

— Pelo que estou vendo, você perdeu completamente o controle da situação, Careca — ele disse, enquanto entrava. — Acho que me enganei quando deixei que você assumisse a liderança do grupo...

— Espere aí, chefe — defendeu-se Careca —, o que aconteceu foi um engano que eu posso corrigir...

— Hum, não sei, não — retrucou o Camaleão, que andava pelo cômodo e cofiava a barba pensativamente. — Pelo que entendi, vocês pegaram um menino errado na rodoviária e depois deixaram que ele escapasse. É isso?

— É. A gente ia trocar esse menino com o Quico, que foi apanhado pelo pessoal do Professor. Mas aí ele fugiu por causa desse molenga do Valdir — disse Careca, apontando com o revólver para o menino que, embora tivesse parado de chorar, ainda tremia no chão.

— Primeira coisa: guarde essa arma, Careca — ordenou o Camaleão, com dureza. — Um líder de verdade não perde a calma em nenhuma situação, você me entende?

E, olhando para o lábio inchado de Zezé, para a perna ferida de Paulão e para Valdir no chão, ele prosseguiu:

— Estou pensando seriamente em trocar a liderança do grupo por alguém que tenha os nervos no lugar. O Paulão, por exemplo...

Essa frase arrancou um sorriso de Paulão e fez com que Careca olhasse selvagemente para ele. Mas antes que alguém dissesse alguma coisa, o Camaleão arrematou:

— Mas eu vou dar uma chance a você, Careca, a última. Achem esse menino e o entreguem são e salvo para a quadrilha do Professor. E tragam o garoto com a minha encomenda. Desta vez não vou admitir erros. Fui claro?

— Foi, chefe. Pode deixar que a gente vai encontrar o

O Jogo do Camaleão 95

Ricardo custe o que custar — falou Careca, olhando para seus companheiros, como se quisesse recobrar a liderança subitamente questionada.

— Se você falhar, já sabe o que acontece, né? — continuou o Camaleão, aproximando-se de Careca. — A propósito, como vai ser feita essa troca?

— Combinamos um encontro com o pessoal do Professor no viaduto Santa Teresa antes de o dia clarear — explicou Careca.

— Bom lugar — observou o Camaleão —, mas acho bom agir rápido. Vocês não têm muito tempo até o amanhecer.

Dito isso, o Camaleão caminhou em direção à porta. Antes de sair, ele se voltou e disse:

— E cuidem bem desse Ricardo. Eu não quero que ninguém saia machucado dessa história. E você, Paulão, vê se faz um curativo nessa perna. Eu posso precisar de você inteiro para assumir a liderança...

Quando o Camaleão fechou a porta, Careca olhava com raiva para o companheiro. Mas fingiu estar calmo:

— Muito bem, pessoal. Vamos sair para achar o Ricardo.

— Espere aí, Careca — interveio Paulão —, como é que você espera achar o menino? Ele pode estar em qualquer lugar da cidade a essa hora...

— Vamos vasculhar o centro. Ele não conhece ninguém aqui nem conhece a cidade e não pode estar longe...

— Isso é loucura, Careca — insistiu Paulão —, como

vamos achar alguém se não temos nenhuma pista para começar a procurar?

— Escute aqui, Paulão — Careca puxou o companheiro pelo colarinho —, eu ainda sou o chefe aqui, certo? Então eu ainda dou as ordens.

— Se você fosse menos machão e nos ouvisse, a gente teria mais facilidade para encontrar o Ricardo.

A frase, dita por Zezé, provocou uma espécie de tensão no grupo. Todos ali sabiam que o líder não aceitava contestações de sua autoridade, principalmente partindo da namorada. Careca soltou a camisa de Paulão e virou-se na direção de Zezé. O brilho em seu olhar era insano:

— Ora, ora, sabichona. Você está a fim de levar outro tapa?

— Você é quem sabe, Careca. Mas se você quiser encontrar o Ricardo, a única pessoa que pode ajudar sou eu. Eu sei exatamente onde ele está neste momento...

Careca deu um salto e agarrou a namorada pelos ombros:

— Ah, é? E onde é que aquele espertinho foi parar?

— A primeira coisa que você tem de fazer é me soltar, seu estúpido — avisou Zezé. E Careca, surpreendido, obedeceu.

— Eu vi o endereço no verso da foto que Ricardo carregava e tenho certeza de que ele foi para lá, atrás do pai.

— E onde é esse endereço? — Careca exibia agora um ar de aflição.

— Venham comigo — comandou Zezé, pegando as chaves do Fusca.

O Jogo do Camaleão

18. Encontro no edifício JK

A NOITE TINHA UM CÉU ESCURO, típico de inverno. O vento havia diminuído, mas o frio ainda era intenso. Ricardo voltou ao edifício JK às onze e meia e, desta vez, resolveu arriscar, passando rapidamente pelo portão do prédio. O truque deu certo: depois de uma rápida olhada, o negro da recepção baixou a cabeça e voltou sua atenção para uma revista de palavras cruzadas. Ricardo não perdeu tempo e caminhou, desta vez em direção ao elevador.

Ao chegar ao quinto andar, encostou-se na parede e ficou por uns instantes pensando. Novamente as dúvidas o assaltaram: e se o pai não morasse mais ali? Era tudo ou nada, ele concluiu, pois não tinha sequer um lugar para passar a noite.

Aproximou-se da porta do apartamento 501, ajeitou novamente os óculos e a jaqueta xadrez. E apertou a campainha. Pareceu-lhe ter ouvido um barulho no interior do apartamento, o que fez com que ele sorrisse. Mas o silêncio que se seguiu era tão intenso que se ouviam os carros passando lá fora.

Ricardo suspirou e acionou a campainha de novo, desta vez demoradamente. Em resposta, ouviu o ruído do elevador em funcionamento.

Desanimado, sentou-se no corredor, tentando clarear as ideias. O que fazer numa situação dessas?, ele se perguntou. Como descobrir se seu pai ainda não havia chegado em casa ou, pior, se já não morava mais ali? Foi quando a mais óbvia das soluções surgiu em sua mente: por que não descer e tentar obter essas informações com o porteiro? O homem da recepção podia muito bem estar sabendo de sua fuga de casa, Ricardo refletiu. Mas esse era um risco que ele ia ter de correr se quisesse encontrar-se com o pai.

Ricardo deu um salto, reanimado, e começou a descer as escadas com cuidado, pois a luz fraca dos corredores deixava tudo na penumbra. Quando faltavam dois degraus para que ele atingisse o quarto andar, uma figura familiar surgiu no começo das escadas e o agarrou pelo braço: Valdir. Impulsionado muito mais pelo susto do que pela coragem, Ricardo torceu com força o braço, livrando-se de Valdir, e curvando o corpo acertou com o pé direito a barriga de seu oponente. Enquanto Valdir rolava pelo chão, Ricardo rapidamente começou a subir de volta para o quinto andar. Agora ele praticamente corria pelas escadas às escuras, ouvindo os gritos de Valdir, que tentava levantar-se para ir em seu encalço.

A intenção de Ricardo era prosseguir pela escadaria, mas quando atingiu o quinto andar trombou com outra pessoa conhecida: Careca. Este, simplesmente o segurou com firmeza:

— Ora, ora, se não é o nosso amiguinho fujão.

Ricardo se debatia, mas o outro era mais forte e ergueu-o do chão com facilidade. Suas pernas ficaram balançando inutilmente. Até que Valdir chegou e ajudou Careca a segurá-las.

— Você é mesmo um incompetente, Valdir. Por pouco ele não escapa de novo — bronqueou Careca. — Vê se pelo menos agarra as pernas dele direito.

Valdir ouviu a repreensão com um ar desconsolado, mas tratou de segurar as pernas de Ricardo com toda a sua força. Feito isso, iniciaram a descida pelas escadas.

Na recepção, Paulão estava sentado ao lado do porteiro e apontava o revólver de Careca para ele. Quando Ricardo passou carregado por seus companheiros, Paulão se levantou e avisou ao homem:

— Nem pense em chamar a polícia ou eu volto aqui e acabo com você, está ouvindo?

— Meu Deus, guarde essa arma, meu filho...

— Tudo bem, tio, nós já estamos saindo mesmo. Tchauzinho.

— A que ponto chegamos — resmungou o homem, enquanto via Paulão, Careca e Valdir arrastando Ricardo e se afastando. — Chamar a polícia? Eu é que não vou me meter nessas encrencas de gangues de moleques...

O Fusca vermelho estava estacionado na porta do prédio e, embora o lábio inchado a incomodasse, Zezé sorriu satisfeita quando viu o grupo se aproximando.

— Pronto, Zezé, eis o nosso homem — avisou Careca, enquanto colocava Ricardo no banco traseiro do carro.

Valdir e Paulão ocuparam seus lugares, um de cada lado de Ricardo, e Careca sentou-se na frente, ao lado de Zezé. Logo em seguida, o carro arrancou cantando os pneus e tomou a direção da avenida Amazonas.

— Mas, afinal, o que vocês querem comigo? — protestou Ricardo.

— Você é muito importante pra nós, mocinho — explicou Careca com uma gargalhada. — Você vai ajudar a gente a acabar com a quadrilha do Professor.

— Eu não tenho nada a ver com essas brigas de vocês... — tentou insistir Ricardo, mas Paulão o interrompeu.

— Não diga isso, rapaz. Se a gente não tivesse apanhado você na rodoviária, a quadrilha do Professor teria feito isso. Logo, eles devem querer alguma coisa de você.

— Mas eu não conheço esse tal de Professor...

— Ótima pessoa — brincou Careca, provocando risos em seus companheiros. — Pena que, se as coisas saírem como estou planejando, você vá perder a oportunidade de conhecer o homem.

— Por que vocês não param com isso e me soltam de uma vez? — Ricardo estava à beira das lágrimas.

— Ora, rapaz, fique calminho aí. Por sua causa o Paulão levou uma espetada na perna, o Pimentinha um tabefe na cara... — Careca começou a enumerar os incidentes, mas Zezé se adiantou:

— E eu uma bofetada que deixou minha boca assim... Careca sorriu e aproximou seu rosto da garota com a intenção de beijá-la.

O Jogo do Camaleão

— Não me toque, seu animal, eu ainda não perdoei você — Zezé empurrou Careca de volta para seu lugar.

— O que é isso, Zezé? Eu só quero agradecer a você. Sem a sua dica a gente nunca encontraria o nosso amigo fujão...

— Agradecer? Depois que a gente liquidar este caso nós vamos conversar seriamente, Careca — disse Zezé. E seu tom de voz deixou claro que ela não estava a fim de brincadeiras.

— Muito bem, rapazes — emendou Careca, fingindo ignorar a bronca da namorada —, agora vamos voltar para o esconderijo e ficar de olho nesse moço aqui. E então vamos fazer o nosso plano para o grande compromisso da madrugada.

— Compromisso? — Ricardo quis saber o que se passava.

— É isso aí, rapaz — continuou Careca —, você está convidado para um encontro muito especial.

19. Preparando uma armadilha

QUANDO ZÉ DOIDÃO E PIMENTINHA chegaram à casa da periferia e contaram a Vadão o que havia acontecido na rodoviária, ele não conseguiu esconder sua alegria:

— Quer dizer que você furou o Paulão?

— Eu ia acabar com ele de uma vez, mas o Zé não deixou — disse com orgulho Pimentinha, enquanto exibia sua faca.

— Eu falei pra ele que a gente vai ter uma oportunidade melhor — explicou Zé Doidão. — E eu acertei uma senhora correntada naquele bobão do Careca.

— É mesmo? Que maravilha — Vadão exultava. — E o que aconteceu, afinal? Eles estão com o tal de Ricardo?

— Estão sim — confirmou Zé Doidão —, e eu combinei levar o Quico para uma troca lá no viaduto Santa Teresa.

— Boa ideia, Zé. E a que horas você marcou esse encontro?

— Olha, Vadão, eu disse que a gente estaria esperando por eles de madrugada, um pouco antes de o sol nascer.

O Jogo do Camaleão 103

— Muito bom. Assim a gente tem tempo de preparar uma armadilha para eles, não foi isso que você pensou?

— Mas é claro. Vamos lá, pegamos o menino que interessa ao Professor e aproveitamos para acabar com a raça desses intrometidos — sorriu Zé Doidão.

— Oba! Eu quero acabar de picar o Paulão — festejou Pimentinha, antevendo o encontro com a gangue rival.

— Bem, temos tempo de sobra para fazer um bom plano — disse Vadão, consultando o relógio. — Acho melhor a gente comer alguma coisa antes, né? Eu estou com uma baita fome...

Zé Doidão e Pimentinha concordaram que aquela era uma ótima ideia, pois ambos também estavam famintos. Nesse momento, Zé Doidão deu pela falta de Quico:

— Espere aí, cadê o nosso prisioneiro?

— Ah, não se preocupe, Zé — Vadão sorriu e apontou a porta fechada do banheiro —, eu não gosto de surpresas e resolvi deixar o nosso amigo bem guardadinho. Vá até lá, Pimenta, e pergunte que tipo de *pizza* ele gosta.

Logo depois, Zé Doidão saiu no Fiat rumo a uma pizzaria. Seus dois companheiros permaneceram sentados na sala e Pimentinha esfregava as mãos de excitação:

— O Professor vai ficar contente quando souber que a gente vai acabar com o pessoal do Camaleão, não é, Vadão?

— Vai sim, Pimenta. Eu só estou achando uma judiação ter que dar fim naquela gracinha que anda com eles...

— Quem? A Zezé?

— É, ela mesma. A gente bem que podia trazer ela pra cá, pra cuidar da casa, essas coisas...

— Ela nunca ia topar um negócio desses, Vadão. Além do mais ela é namorada do Careca.

— Eu acho que daqui a algumas horas ela não será mais, Pimenta. Quando amanhecer o dia, ela vai ser namorada de um cara morto.

— Gostei dessa, Vadão. Qual é o plano?

— Espere o Zé Doidão voltar e a gente já vai combinar a nossa surpresa para a gangue do Camaleão.

Quico, que permanecia de cócoras num canto do banheiro fechado, ouviu as gargalhadas da dupla. E ficou tentando imaginar o que eles estavam planejando fazer. Fosse o que fosse, a única coisa que ele queria era sair dali e recuperar na rodoviária a encomenda que trouxera para o Camaleão. Mas, no momento, não havia nada a fazer: ele só podia esperar.

20. Horas de espera

QUEM OLHASSE PARA AQUELE GRUPO DE RAPAZES reunidos no quarto cheio de caixas com garrafas, jamais imaginaria estar diante de uma das mais perigosas gangues juvenis de Belo Horizonte. Não fosse pelo menino com os braços amarrados sentado em um canto — Ricardo —, aquela reunião poderia muito bem ser confundida com um bando de amigos que se encontram para conversar amenidades ou simplesmente para passar o tempo, enquanto não chega a hora de um programa inocente, como ir ao cinema, por exemplo.

Sentado sobre a mesa, Careca lia calmamente num jornal do dia anterior as notícias sobre o Cruzeiro, time de futebol para o qual torcia. Encolhido em um canto, Valdir se distraía vendo dois de seus escorpiões lutarem dentro de um vidro. Zezé ajudava Paulão a fazer um curativo na coxa ferida pela faca de Pimentinha.

Careca deixou de lado o jornal por um momento e observou a cena. E sorriu com ironia. Sabia que Zezé estava zangada com ele por causa da bofetada. E estava certo de que, desta vez, ia ser difícil fazer as pazes, não adiantando, portanto, pedir desculpas. Isso ele não iria mesmo fazer: seu orgulho não permitiria que ele admitisse o erro. Por outro lado, ele conhecia bem sua namorada: ela não era uma pessoa que perdoava as coisas facilmente.

Mas ele prosseguiu sorrindo, sabendo que ela fingia ignorar sua presença ali no quarto. Ele tinha um plano para amansá-la: tão logo recebesse o dinheiro por entregar Quico e a encomenda ao Camaleão, iria comprar um presente para Zezé. Não um presente comum, como as bijuterias que ele vivia trazendo para ela. Não, ele planejou, desta vez compraria algo especial, que ainda não sabia bem o que era. Mas que, com certeza, iria adoçar a raiva da namorada. As mulheres são assim, pensava Careca, perdoam qualquer coisa em troca de um bom presente.

No momento Zezé estava ali, ajudando Paulão a fazer o curativo na perna e dedicando a ele toda sua atenção. Careca suspirou: sentia ciúme, mas jamais iria demonstrar. O que o incomodava mais era o fato de que Paulão estava gostando daquilo: sua cara de satisfação com os cuidados de Zezé mostrava isso.

"Que bobão", pensou Careca, "está achando que a Zezé está arrastando a asa para o lado dele. Ele deve estar se sentindo importante, principalmente agora que o Camaleão avisou que ele pode virar líder do grupo". Mas isso não ia acontecer, refletiu Careca. Eles iriam apanhar o menino e a encomenda

O Jogo do Camaleão 107

que interessavam ao chefe. Ele permaneceria na liderança e reconquistaria o respeito de todos — inclusive de Zezé, que iria se derreter com o presente que ele planejava comprar para ela.

Com um sorriso, Careca prosseguiu entregue a seus pensamentos: "Que bobo é esse Paulão. No mínimo está achando que ganhou a namorada do chefe. Isso nunca vai acontecer. Além do mais, ele não passa de um crioulo metido a besta, e uma branca como Zezé nunca iria se interessar por ele".

Mas o racismo de Careca só serviu para envená-lo um pouco mais: terminado o curativo, Zezé ajudou Paulão a pôr-se em pé e perguntou se estava tudo bem, se ele conseguia andar. Careca tentou concentrar-se na leitura do jornal, mas não conseguiu: estava espumando de ódio.

— Muito bem, rapaziada, acho que está na hora de ir para o viaduto — comandou Careca, saltando da mesa. — Será que você, Paulão, consegue acompanhar a gente ou vai precisar ficar aqui repousando do dodói?

Paulão olhou surpreso para o líder do grupo. Em seguida, sorriu:

— Claro que consigo, Careca. Minha perna está ótima, não foi nada de grave.

E, olhando para Zezé, ele completou:

— E a Zezé fez um tratamento ótimo aqui. Estou inteiro.

Careca fuzilou os dois com o olhar. A coisa estava chegando a um limite insuportável, mas ele decidiu deixar para resolvê-la depois. Naquele momento tinham algo bem mais importante para fazer — e do resultado dependia a manutenção da liderança da gangue.

— Então vamos sair — avisou Careca. — É bom todo mundo ficar atento porque a turma do Vadão é bem capaz de querer aprontar alguma coisa diferente.

— Pode deixar, Careca — falou Paulão, pegando uma barra de ferro que estava escondida atrás das caixas de garrafas —, se vierem com alguma gracinha, eu arrebento todo mundo.

— Muito bom. E você, Zezé, vai levar alguma arma?

— Isso não é da sua conta — disse a menina, com rispidez.

— Ei, o que é isso? — protestou Careca. — Eu ainda sou o chefe aqui e tenho o direito de saber como cada um está preparado para as coisas...

— Uai, você mesmo não falou que mulher não presta pra nada? Então, eu só sirvo para dirigir o carro até lá. As brigas ficam por sua conta, já que você é homem e é valente.

— Espere aí, Zezé, eu não quis dizer nada disso. Eu acho que numa hora dessas a gente precisa estar unido — falou Careca, aproximando-se numa atitude pacífica.

— Vamos fazer o seguinte — interrompeu Zezé —, a gente primeiro resolve essa troca e depois conversa, que tal?

Careca ficou parado por alguns instantes, surpreendido pela atitude da namorada. Mas percebeu que não adiantava discutir:

— Ok, ok. Vamos deixar essas diferenças pra depois. Agora, o mais importante é ir até o viaduto e pegar o Quico e a encomenda do Camaleão.

— O que-que você acha da ideia de-de levar os meus bi-
-bichinhos como arma, Careca?

O Jogo do Camaleão 109

A pergunta de Valdir teve o poder de provocar chispas de raiva nos olhos de Careca. Ele não havia perdoado as seguidas falhas do companheiro e demonstrou isso dando um tapa no vidro com os escorpiões que Valdir exibia. O vidro rolou pelo chão e, por sorte, não se quebrou.

— Não fa-faz isso, Ca-Careca — protestou Valdir, com a voz chorosa, enquanto se agachava para verificar se seus escorpiões não haviam se ferido na queda. — Pô, eles não fi-fizeram nada para você...

— Quer saber de uma coisa? Eles nem vão fazer nada para ninguém — berrou Careca. — Você não vai com a gente lá para o viaduto. Vai ficar aqui, de castigo, pelas burradas que andou fazendo.

Ao ouvir isso, Valdir deixou o vidro com escorpiões por um momento e voltou o rosto para Careca, com os olhos cheios de lágrimas. O líder prosseguiu:

— Se não fosse por você, a gente não estaria nessa encrenca. Mas não, você preferiu ficar dando atenção para esses bichos nojentos e deixou o nosso prisioneiro escapar.

— Mas, Careca, ele me-me enga-ganou...

— Olhe aqui, Valdir, eu estou de saco cheio de suas falhas. Você não vai com a gente e pronto. Eu já decidi: vai ficar aqui tomando conta do esconderijo. E faça isso direito, viu? Eu não ia estranhar se alguém entrasse aqui e você nem percebesse...

— Mas, Ca-Ca... Careca...

— Não tem nem mais nem menos, Valdir — disse Careca, em definitivo. — Trate de calar a boca e aceitar o castigo. Depois, se você se comportar direitinho, volta a participar dos trabalhos com a gente.

As lágrimas corriam pelo rosto de Valdir quando ele olhou para Zezé e Paulão. A expressão de ambos era a de quem não podia fazer nada. Ele recolheu então o vidro com seus escorpiões e foi sentar-se num canto, amuado. Careca pareceu satisfeito com a obediência à sua ordem. Afinal, recuperava seu prestígio de líder. Ele segurou Ricardo pelo braço e, pondo-o em pé, avisou:

— Muito bem: vamos sair agora, meu amiguinho. Está na hora de trocarmos você por um garoto que vai ser muito importante para nós.

Por causa do aperto das cordas em seus braços, Ricardo sentia as mãos formigarem. Naquela situação, ele sabia que qualquer tentativa de fuga seria impossível. Nada restava a fazer a não ser acompanhar Careca, Paulão e Zezé para ser trocado por Quico. Percebeu a mão do líder da gangue em seu ombro, empurrando-o para fora do quarto. Sem possibilidade de reagir, Ricardo sentiu um grande desespero: o sonho de conhecer seu pai ficava cada vez mais distante.

Quando todos deixaram o cômodo, Valdir permaneceu encolhido, chorando baixinho. Ao ouvir o ruído do motor do Fusca, ele passou a mão pelo rosto, enxugando as lágrimas, e falou com seus escorpiões:

— Só vo-vocês são meus ami-migos de verdade. Nunca me-me machucaram.

21. A polícia sem pistas

NO SEGUNDO ANDAR do prédio da Polícia Federal, na rua Nascimento Gurgel, Murilão estava sentado em uma cadeira giratória e exibia um ar cansado. Ao seu lado, ocupando um pequeno sofá, estava Lima, com a expressão igualmente exausta, acentuada ainda mais pela bandagem que tinha no rosto. Um policial fardado andava nervosamente pela sala, com a mão no queixo.

— De nada adiantou a gente vasculhar a cidade até agora atrás daqueles moleques. Eles simplesmente evaporaram. Eu não entendo como isso é possível — resmungou o policial, enquanto abria os braços com ar de desolação.

— É, tenente, eu também não entendo — manifestou-se Lima. — Mas quando saímos de São Paulo, nós fomos alertados de que o garoto que iríamos seguir era muito esperto.

— É verdade — concordou Murilão —, mas a gente não sabia que iria encontrar moleques ainda mais perigosos aqui. Como aquele que me agrediu e machucou o Lima...

112 *Marçal Aquino*

— Bom, acho que vocês dois devem estar tão cansados quanto eu — observou o tenente. — Estou pensando em ir para casa, descansar um pouco, e retomar as buscas mais tarde.

— Acho que é o melhor mesmo — disse Lima, olhando para seu companheiro. — Vamos procurar um hotel, Murilão. O dia vai amanhecer daqui a pouco e eu estou moído. Essa correntada que levei ainda está doendo bastante...

— Ah, mas eu não vou deixar escapar esse rapaz que nos atingiu — avisou Murilão, pondo-se de pé. — Quando eu pegá-lo, ele vai se arrepender de ter me atacado.

— Isso se você conseguir encontrá-lo, Murilo — opinou o tenente. — Essas quadrilhas juvenis daqui simplesmente desaparecem quando querem. Elas têm esconderijos muito bons e a gente nunca consegue localizá-las.

— Como é que eles conseguem arrumar esses esconderijos? — quis saber Murilão.

— O que a gente acha é que os adultos que os chefiam alugam as casas ou arrumam lugares onde eles podem ficar enquanto não estão nas ruas — explicou o tenente. — É o caso desse Camaleão, que a gente nunca conseguiu descobrir quem é na verdade.

— Camaleão... — falou Lima, com um ar pensativo. — Um bom apelido para um bandido.

— Ele mesmo se autoapelidou assim, por causa de sua habilidade com disfarces. Na verdade, ele vive desafiando a polícia com sua impunidade — disse o tenente. — Eu fiquei esperançoso de apanhá-lo quando vocês, federais, pediram a nossa ajuda aqui.

O Jogo do Camaleão 113

— Mas a Polícia Militar fez o que pôde, tenente. O diabo é que esses garotos são muito espertos e agora perdemos a pista que poderia nos conduzir até o Camaleão — observou Lima, levantando-se do sofá.

— É, agora ficou tudo muito complicado. Sem pistas, por onde vamos começar a nossa busca? — perguntou Murilão, aborrecido.

— Nas ruas, Murilo. Nossa única alternativa é vasculhá-las atrás de algum desses moleques — respondeu Lima.

— Bem, é hora de ir pra casa e descansar um pouco. Daqui a algumas horas a gente recomeça nossa busca. E vocês podem continuar contando com a nossa ajuda, Lima. — O tenente colocou o quepe e preparou-se para deixar a sala.

— Obrigado, tenente, a PM tem sido muito valiosa para nós. Ainda é madrugada, mas quando os nossos colegas federais daqui chegarem, vamos ver se eles têm alguma ideia melhor — disse Lima, também se preparando para sair.

Nesse momento, o telefone tocou. Os três se entreolharam, curiosos. Lima foi até a mesa e atendeu. E levou um tremendo susto com as palavras que ouviu.

Terceira parte
O confronto

22. A troca sobre o viaduto

UMA CLARIDADE TÍMIDA começava a aparecer no horizonte da cidade, anunciando a manhã do sábado. O viaduto Santa Teresa, uma construção com arcos imponentes que liga a avenida Assis Chateaubriand ao centro de Belo Horizonte, estava deserto. Ainda era cedo para que as pessoas vindas de bairros como Floresta, Horto e Santa Teresa começassem a cruzá-lo.

Em uma das extremidades do viaduto, esfregando as mãos para espantar o frio e soltando fumaça pela boca e pelo nariz cada vez que respirava, Vadão aguardava. Ao seu lado, com as mãos amarradas, Quico procurava mexer o corpo para defender-se da friagem.

— Fique calmo, rapaz. Daqui a pouco vão chegar os caras que estamos esperando e aí você poderá ir para um lugar quentinho.

Quico ouviu o recado de Vadão e fez uma careta. Ele sabia que ia ser trocado por Ricardo. Mas também sabia que as coisas não seriam simples: segundo tinha entendido, a gangue

O Jogo do Camaleão **117**

de Vadão estava preparando uma surpresa para seus rivais. E isso podia acabar mal.

— Eles estão demorando, Vadão — balbuciou Quico, como se falar ajudasse a vencer a tensão, aumentada ainda mais pelo frio.

— Não se preocupe, eles virão. Parece que você é muito importante para o Camaleão.

Nesse momento, os faróis de um Fusca cortaram a semiescuridão. Vadão, atento, colocou-se atrás de Quico e esperou. O carro estacionou no lado oposto do viaduto e suas luzes foram desligadas. Lentamente desceram Careca, Paulão, Zezé e, por último, Ricardo, que também estava amarrado. A voz de Careca quebrou o silêncio da madrugada:

— Muito bem, Vadão — ele gritou, por causa da distância que os separava —, aqui está o Ricardo.

Vadão sorriu e empurrou Quico para a frente.

— E aqui está o menino que vocês querem, Careca. Mas, antes, eu gostaria de garantir que vocês não vão fazer nenhuma besteira... — Vadão também berrava.

— O que é isso, Vadão, você não confia na gente? — Careca ia falando, enquanto avançava empurrando Ricardo para frente, acompanhado de perto por seus companheiros.

— Nem um pouco, Careca. Pra começar, eu quero que você ponha o seu revólver no chão. E o Paulão e a Zezé podem fazer o mesmo: joguem as armas que estiverem carregando.

Careca parou e deu uma gargalhada:

— Você acha que eu vou querer complicar as coisas? Foi a vez de Vadão rir:

— Claro que acho. Veja, eu estou sozinho aqui. Então acho melhor vocês fazerem o que eu estou mandando. Senão, nada feito e eu saio daqui com o Quico.

Careca olhou para seus acompanhantes, deu um sorriso e gritou:

— Ok, Vadão, aqui está minha arma. — Num gesto vagaroso, o revólver foi depositado no chão. — O Paulão e a Zezé estão desarmados, pode acreditar. O Paulão, aliás, está até meio estropiado por causa do Pimentinha.

— Eu estou sabendo, Careca. — Vadão não perdia um movimento do grupo, que agora aparecia recortado contra a claridade que começava a despontar. — Muito bem, eu vou libertar o Quico e ele vai caminhando até vocês. Faça o mesmo com o Ricardo.

Dito isso, Vadão livrou as mãos de Quico das cordas. Manteve a mão em seu ombro até constatar que, do outro lado, Ricardo tinha as mãos livres e começava a caminhar em sua direção. Ele deu dois tapinhas no ombro de Quico e falou:

— Tudo certo, rapaz. Vá lá para o lado deles. E boa sorte.

Naquele instante, o único ruído que se ouvia era o do vento assobiando ao passar pelos arcos do viaduto. De resto, o silêncio da quase manhã era total.

Ricardo veio andando lentamente, segurando sua mochila. Quando se aproximou de Quico, viu que ele sorria. Os dois se encontraram e pararam. Ricardo pôs a mochila no chão e começou a tirar a jaqueta xadrez:

— Olhe aqui, Quico, a sua jaqueta.

— Espere aí, Ricardo, fique com ela. Está frio pra danar aqui.

— É, mas a jaqueta é sua...

— Tudo bem, rapaz, pode ficar com ela. Eu tenho outras em São Paulo.

— Você vai voltar para lá? — Sem entender por quê, Ricardo não conseguia sentir raiva daquele menino, apesar de saber que havia sido usado por ele.

— Vou sim, Ricardo, logo que entregar uma encomenda que eu trouxe. E você?

— Olhe, eu não sei o que esses caras querem comigo...

Careca estava intrigado com a cena: os dois meninos estavam parados no meio do caminho entre ele e Vadão e era impossível ouvir o que os dois conversavam. Ele olhou para Paulão e Zezé, preocupado:

— Mas o que esses dois estão aprontando?

— Eu não estou gostando disso, Careca, é melhor acabar com essa história. — Paulão também tinha os olhos fixos na dupla que conversava como se estivesse à vontade ali.

Os três estavam tão atentos à cena que não perceberam Zé Doidão e Pimentinha surgindo às suas costas. Os dois saíram do esconderijo que ocupavam, no lado em que o viaduto se liga ao centro da cidade, aproximaram-se silenciosamente e logo estavam por trás do trio.

Careca gritou "ei!" para Quico e Ricardo. E nesse momento recebeu uma violenta correntada nas costas, caindo no chão. Paulão virou-se rápido e conseguiu desviar-se da facada que Pimentinha tentou dar. Rolando pelo chão, ele aplicou uma rasteira no menino ruivo e jogou-o por terra. Num movimento ágil, apesar do ferimento na coxa esquerda, pôs-se de pé e tirou a barra de ferro que carregava presa à perna.

Zezé movia-se à frente de Zé Doidão, que girava no ar sua corrente, provocando um silvo. Enquanto isso, Vadão atravessou correndo o viaduto em direção ao grupo e Quico e Ricardo só tiveram tempo de sair da frente.

Careca, mesmo atordoado, rastejou até seu revólver, mas não conseguiu recuperá-lo, pois Vadão pisou com força em sua mão direita. Com a esquerda, Careca puxou o tornozelo de seu atacante, desequilibrando-o. Os dois se atracaram e rolaram pelo solo.

Quando Zé Doidão preparava-se para bater em Zezé, Paulão interpôs-se entre os dois e aparou o golpe da corrente com a barra de ferro. Pimentinha já se movia na direção dos dois e Zezé não perdeu tempo: com agilidade, passou-lhe o pé, o que fez com que ele caísse para a frente, batendo o rosto no asfalto. A menina voltou-se então para Paulão e Zé Doidão: os dois estavam engalfinhados; Paulão havia deixado cair a barra de ferro e Zé Doidão, sua corrente.

Zezé, num gesto rápido, apanhou a barra e bateu com força nas costas de Zé Doidão. E já se preparava para golpear sua cabeça quando ele, livrando-se por um momento de Paulão, acertou um chute forte em seu joelho, derrubando-a.

Ricardo e Quico estavam parados, assistindo absortos à verdadeira batalha campal que as duas gangues travavam no meio do viaduto. Foi Ricardo quem teve um sobressalto, como se despertasse repentinamente de um sonho ruim:

O Jogo do Camaleão 121

— Ei, Quico, vou aproveitar pra cair fora daqui.

— É mesmo, Ricardo, boa hora pra fazer isso.

Os dois iam iniciar uma corrida, mas algo os fez parar de repente: o som estridente de viaturas policiais que surgiram ao mesmo tempo das duas extremidades do viaduto. Numa ação rápida, grupos de policiais armados saltaram dos veículos e bloquearam as duas saídas. Quico ainda pensou em saltar pelo meio do viaduto, mas a altura fez com que ele recuasse.

Careca continuava rolando pelo chão agarrado a Vadão, enquanto Zé Doidão prendia Paulão pelo pescoço, tentando esganá-lo. Zezé estava caída no solo e segurava o joelho atingido. Próximo dela, Pimentinha gemia, segurando o rosto ensanguentado.

Vendo que os dois grupos de policiais se aproximavam, trazendo inclusive cães, Ricardo ficou parado no mesmo lugar onde se encontrava. Quico, instintivamente, levantou os braços, como se estivesse se rendendo.

— Muito bem, acabou a brincadeira. Todo mundo de mãos para cima!

A ordem foi dada através do megafone empunhado pelo tenente. E todos ali ficaram paralisados. O viaduto, naquele momento, funcionava como uma verdadeira ratoeira, com policiais de ambos os lados. E imediatamente ficou claro que era impossível escapar.

Ricardo e Quico encostaram-se em um dos arcos. Zezé tentou levantar-se, mas a dor no joelho não permitiu, e Pimentinha nem fez menção de mover-se de onde se encontrava.

Os demais interromperam suas lutas, percebendo que estavam cercados.

— Quero todos encostados no viaduto — berrou o tenente ao megafone.

As duas barreiras de policiais começaram a aproximar-se lentamente. Careca, Vadão e Zé Doidão caminharam para o local indicado, cabisbaixos. Paulão foi socorrer Zezé, tentando ajudá-la a ficar em pé.

E como caminhava de cabeça baixa, Careca avistou no chão algo que poderia tirá-lo dali: seu revólver. O movimento foi muito rápido para que alguém ali esboçasse qualquer reação: Careca abaixou-se, apanhou a arma e agarrou Ricardo pelo pescoço. Em seguida, virou-se para os policiais e ameaçou:

— Ninguém se mexe! Um movimento e eu estouro a cabeça deste menino.

Os policiais se detiveram no ato. O tenente fez uma careta e olhou preocupado para Murilão e Lima, que o acompanhavam. Lima disse um palavrão. Murilo baixou o revólver que segurava e comentou:

— Veja, Lima, é um dos garotos que a gente estava seguindo...

— É, Murilo, eu já percebi. O outro também está ali.

— Será que ele é capaz de atirar no menino? — perguntou o tenente, olhando para os policias estáticos.

— Esse aí tem cara de quem é capaz de qualquer coisa — opinou Lima. — É melhor não arriscar.

— Muito bem, rapaz. Não faça nenhuma besteira.

O Jogo do Camaleão 123

Largue o garoto e entregue a sua arma e tudo fica bem. — O tenente falava sem tirar os olhos do revólver que Careca mantinha encostado à cabeça de Ricardo.

— Nada disso — berrou Careca. — É melhor vocês saírem da frente: eu vou cair fora daqui e qualquer movimento eu mato este menino.

Ricardo estava sem fala: a arma era pressionada com força contra sua cabeça, enquanto o braço de Careca apertava violentamente sua garganta. Lima adiantou-se e berrou:

— Muito bem. Você vai sair daqui, mas solte o garoto.

— Ha, ha — riu Careca, exibindo o mesmo olhar insano que seus companheiros já haviam visto horas antes. — Eu vou contar até cinco e, se vocês não abrirem passagem, eu estouro os miolos dele.

E, por sua expressão, ninguém ali duvidava que ele estivesse falando sério.

— Tenente, esse louco é bem capaz de matar o menino. É melhor deixar ele ir. — A voz de Lima revelava toda sua tensão.

O policial fardado fez um sinal e a barreira que guardava o acesso do viaduto ao centro abriu passagem. Os cães, impacientes, latiam alto e forçavam as coleiras que os continham. Careca começou a caminhar, arrastando Ricardo sob a mira de seu revólver. Quando ultrapassou os policiais, Careca virou-se e passou a caminhar de costas, obrigando seu prisioneiro a fazer o mesmo. A atenção de todos ali estava voltada para os dois. Zezé, que segurava o joelho e era amparada por Paulão, gritou:

— Careca, me leva com você!

Careca olhou-a com uma expressão irônica:

— Até agora você não estava se divertindo, dando bola para o Paulão? Pois fique com ele, sua tonta.

Depois de dizer isso, ele se aproximou do Fusca e, segurando o braço de Ricardo, abriu com dificuldade a porta do carro. Quando entrou no veículo, Ricardo surpreendeu-o com um puxão e livrou-se dele, correndo imediatamente ao encontro dos policiais. Foi nesse momento que Zezé deu um estranho sorriso. E Careca compreendeu que fora um erro não ter trazido a menina: ela estava com as chaves do Fusca.

Rapidamente ele saiu do carro e desceu correndo a rua da Bahia, rumo à praça da Estação. Os policiais demoraram alguns segundos para perceber o que estava acontecendo, mas logo saíram em seu encalço, iniciando uma perseguição.

No viaduto, Vadão, Zé Doidão, Zezé e Paulão foram algemados pelos policiais, o mesmo acontecendo com Ricardo e Quico. Pimentinha foi socorrido por Lima, que entregou-lhe um lenço para limpar o sangue que jorrava de seu nariz ferido. Os prisioneiros foram divididos em dois grupos e colocados nas viaturas da polícia, que arrancaram rapidamente em direção à sede da Polícia Federal.

Lima e Murilão foram os últimos a deixar o viaduto, em companhia do tenente. Murilão sorria:

— Não vejo a hora de ter uma boa conversa com esse rapaz tatuado...

— Calma, Murilo — disse Lima, pondo a mão no ombro

O Jogo do Camaleão 125

do companheiro. — Nem pense em vingança. O importante é que apanhamos todos os peixes numa mesma rede.

O tenente olhou-o com uma expressão desanimada:

— Quase todos, Lima. Eu queria mesmo é ter pegado o Camaleão e o Professor. Mas, como você vê, os dois são muito espertos e não apareceram para acompanhar o encontro de suas quadrilhas.

— Isso é verdade, tenente — concordou Lima —, mas ao menos temos duas gangues juvenis completamente desbaratadas.

— Está certo. E isso graças àquele telefonema que você recebeu quando a gente já estava saindo para dormir um pouco.

— Pois é, tenente. No começo eu nem entendi direito a coisa. Um policial ligou avisando que tinha recebido um telefonema muito estranho denunciando esse encontro aqui no viaduto. Ele disse que a pessoa que telefonou falava de uma troca entre as quadrilhas do Camaleão e a do Professor, e ele, sabendo que a gente estava atrás dos dois, resolveu me avisar.

— Que sorte a nossa, não é? — comentou o tenente. — Mas, afinal, como é que essa pessoa que fez a denúncia sabia desse encontro?

— Ah, isso o policial também não soube me explicar, tenente — comentou Lima. — Ele só disse que o denunciante era completamente gago e foi difícil compreender o que ele queria contar. Mas quando esse gago falou no Camaleão e no Professor, o policial resolveu dar o alarme.

23. Um auxílio inesperado

CARECA ERA BEM MAIS ÁGIL que seus perseguidores e ainda na rua da Bahia os policiais o perderam de vista. O grupo cercou a área e espalhou-se na tentativa de encontrar o rapaz com a ajuda dos cães.

O dia já havia clareado completamente e, embora as casas comerciais ainda estivessem fechadas, muita gente transitava pela rua, atrapalhando o trabalho dos policiais. Em duplas, eles vasculhavam cuidadosamente a região à procura de Careca.

— Como é que pode? O cara simplesmente evaporou — comentou um policial jovem com seu companheiro de busca, que levava um cão pela coleira.

— Esses meninos são fogo. Conhecem a cidade como a palma da mão.

— Mas não é possível. Ele não pode ter ido longe; não teve tempo para isso.

O Jogo do Camaleão 127

— É, mas onde é que ele se enfiou então?

Os dois caminhavam olhando atentamente para todos os lugares onde Careca poderia ter se ocultado. O cão que os acompanhava agitou-se de repente e começou a puxá-los em direção a um carro estacionado. O policial jovem sacou seu revólver e, cautelosamente, aproximou-se do veículo.

Mas era um alarme falso: quando o policial de arma em punho deu a volta no carro, viu apenas um mendigo sentado no meio-fio. O homem, encolhido por causa do frio, tinha uma longa barba, usava chapéu e um paletó sujo e rasgado. O policial guardou o revólver no coldre e fez uma careta para seu companheiro, que tinha dificuldade para segurar o cão: o animal dava saltos, agitado, e latia para o mendigo.

— Que bobagem, Dingo — disse o policial que segurava a coleira —, você não está vendo que é apenas um pobre-diabo?

Os dois policiais já estavam se afastando para retomar sua busca quando o mendigo falou, revelando uma voz rouca:

— Vocês por acaso estão procurando um rapaz que passou por aqui correndo?

Os dois policiais pararam no mesmo lugar e se entreolharam. O homem barbudo continuou falando:

— Eu vi onde ele entrou.

— É mesmo? — espantou-se o policial jovem. — Então conte pra nós, vovô. Onde está o rapaz?

O mendigo levantou-se da calçada com dificuldade e apontou uma casa a poucos metros de onde estavam.

— Ele pulou aquele portão e deve estar escondido na garagem da casa.

Os dois policiais agradeceram e correram para a frente da casa. O mais jovem sacou um apito e deu o alarme. Em pouco minutos, a casa estava cercada.

Careca, de fato, estava oculto pelo carro que ocupava a garagem. E, percebendo que eram muitos os policiais que o procuravam, saiu de seu esconderijo com as mãos na cabeça. Um dos policiais adiantou-se e abriu o portão da casa. Em seguida, tirou o revólver da cintura de Careca e algemou-o.

Quando a polícia já se afastava, levando o prisioneiro, um casal de velhos, ainda vestido com pijamas, abriu a porta da casa sem entender o que se passava.

Em pé, no meio da rua, o mendigo ficou olhando o grupo de policiais. E, passando a mão pela barba longa, sorriu e comentou com sua voz rouca:

— Bem feito para esse idiota. Ele estragou tudo mesmo.

24. Nas mãos da justiça

CARECA TEVE MOTIVOS DE SOBRA para ficar com raiva quando chegou ao prédio da Polícia Federal. Em uma sala ampla, Zezé, Paulão, Pimentinha, Vadão, Zé Doidão, Quico e Ricardo ocupavam dois bancos, vigiados de perto por cinco policiais. Mas o que mais irritou o recém-chegado foi observar que, apesar de algemados, Zezé e Paulão estavam de mãos dadas.

Lima sorriu ao vê-lo entrar na sala. E Murilão não tirava os olhos de Zé Doidão, não escondendo seu desejo de ir à forra pelos golpes que recebera na rodoviária.

— Muito bem, acho que as duas gangues estão completas — observou Lima. — Agora é hora de saber quem é quem aqui.

Um a um, os prisioneiros foram identificados e separados em dois grupos: de um lado, os que faziam parte da gangue do Camaleão e, do outro, os que eram comandados pelo Professor. Quico e Ricardo permaneceram sentados no banco.

— Claro que ninguém aqui sabe onde encontrar o Camaleão ou o Professor, não é mesmo? — perguntou Lima, e os dois grupos

130 *Marçal Aquino*

permaneceram em silêncio, de cabeça baixa. — Eu já esperava por isso...

— Deixe eu dar um aperto neles, Lima, e você vai ver como abrem o bico. Principalmente esse rapaz aí metido a valentão... — interveio Murilo, apontando Zé Doidão, que se encolheu.

— Nada disso, Murilo. Nós temos outros planos para eles, não é mesmo, Hélio?

Hélio, o delegado-chefe da Polícia Federal em Belo Horizonte, era um homem de cabelos grisalhos e expressão severa. Ele, que até aquele momento permanecera em silêncio na sala, dirigiu-se aos dois grupos:

— Ok, rapazes, nós vamos até os esconderijos que vocês usam procurar alguma pista que nos leve ao Camaleão e ao Professor.

Careca levantou a cabeça e, encarando o homem grisalho, disse em tom desafiador:

— Isso se vocês descobrirem onde é o nosso esconderijo...

O delegado Hélio sorriu e aproximou-se de Careca.

— Ora, não seja tão ingênuo, rapaz. Nós já sabemos onde vocês se escondem. A pessoa que nos telefonou para denunciar o encontro no viaduto Santa Teresa deu o serviço completo e informou onde é o esconderijo da gangue do Camaleão.

Careca arregalou os olhos e o delegado prosseguiu:

— Apesar de gaguejar muito, esse denunciante anônimo conseguiu informar que vocês utilizam como esconderijo os fundos de um bar da rua Guaicurus.

O Jogo do Camaleão 131

Careca lembrou-se na hora de Valdir e disse um palavrão, compreendendo que havia sido traído.

— Quanto ao esconderijo de vocês — continuou o delegado, agora dirigindo-se a Vadão, Pimentinha e Zé Doidão —, acho que a gente não vai ter problemas em ir até lá, não é mesmo? A não ser que vocês prefiram ter uma conversinha com o nosso amigo Murilão.

Todos olharam para Murilo, que sorria e esfregava as mãos. Pimentinha, que tinha um curativo no nariz, foi o primeiro a se manifestar:

— Não é preciso, doutor. Eu levo vocês até lá.

— Ótimo. Então não há motivo para perder mais tempo. Vamos sair já — avisou o delegado Hélio.

Escoltados por policiais, os dois grupos algemados foram conduzidos para fora da sala. No local, permaneceram apenas Lima e Murilo, que agora dirigiam suas atenções para Quico e Ricardo.

— Muito bem, meninos. Agora vamos ver o caso de vocês dois — disse Lima, depois de algum tempo em silêncio. — O que vocês têm a me dizer?

Os dois se entreolharam e Quico foi o primeiro a falar:

— Olhe, doutor, eu não tenho nada a ver com isso, não. Eu fui sequestrado por essa gangue do tal Professor...

Lima deu uma gargalhada. Murilão lançou um olhar duro em direção ao menino loiro. E disse:

— Você pensa que nós somos idiotas? Já se esqueceu que viemos no mesmo ônibus de São Paulo? Pode parar de fingir,

132 *Marçal Aquino*

rapaz, nós já sabemos quem você é e o que veio fazer aqui em Belo Horizonte.

— É isso mesmo, Quico. Desde o momento que você saiu de São Paulo, nós já sabíamos de tudo. Isso porque anteontem prendemos a quadrilha a que você pertence e descobrimos que um menino estava vindo para cá trazer uma encomenda. Foi por isso que resolvemos embarcar junto, para apanharmos o homem a quem a encomenda se destinava: o Camaleão.

— Só que no ônibus nós acabamos confundindo você com o Ricardo. E, na chegada na rodoviária, você conseguiu escapar da gente — explicou Murilão, vendo que Quico abaixava a cabeça, derrotado. — Sabemos inclusive qual era o conteúdo daquela encomenda: cocaína.

— Pois bem, garoto: onde está a encomenda?

Desanimado, Quico levantou-se do banco e tirou uma chave do bolso.

— Está no guarda-volumes da rodoviária. O que vai acontecer comigo agora?

— Isso a Justiça vai decidir quando você voltar com a gente para São Paulo. Murilo, vá com o Quico até a rodoviária buscar a encomenda. Mas cuidado, hein? Leve dois policiais com você e não facilite as coisas. A gente nunca sabe do que esse Camaleão é capaz.

— Pode deixar, Lima. Desta vez nada vai sair errado.

Depois de dizer isso, Murilão deixou a sala em companhia de Quico. Lima olhou para Ricardo e sorriu:

— E você, Ricardo, que confusão foi arrumar, hein?

O Jogo do Camaleão 133

— Olhe, eu só vim pra cá encontrar meu pai...

— Eu sei, rapaz. Não se preocupe que agora eu estou informado sobre tudo a seu respeito.

— Então sabe que eu estou dizendo a verdade?

— Claro — sorriu Lima mais uma vez, enquanto livrava Ricardo das algemas. — Você já não precisa mais disto.

— Que bom, eu pensei que vocês estavam achando que eu pertencia a uma dessas gangues...

— Não, nada disso. Na verdade o que houve foi um equívoco. No ônibus para cá, eu e o Murilo não tínhamos certeza de quem era o menino que nos interessava, você ou o Quico. Depois foi aquela confusão na rodoviária, que você viu.

— Esse Careca me pegou de surpresa lá, nem me deixou falar. Tudo por causa desta jaqueta que o Quico me emprestou...

— É, o Quico é muito esperto. Mas seu truque para despistar a polícia acabou dando errado.

— Ainda bem que tudo acabou. Agora eu só quero ver se encontro o meu pai.

Lima olhou-o com uma expressão estranha:

— Isso infelizmente não vai ser possível, Ricardo. Logo que voltamos para cá, eu recebi um recado da Polícia Militar. Ontem sua mãe ligou para cá, dando o alarme de sua fuga de casa e dizendo que você ficaria perdido na cidade, pois seu pai não mora mais naquele endereço.

— O quê? — espantou-se Ricardo.

— É isso mesmo: logo que achou o seu bilhete, ela ligou para o número que seu pai havia informado, mas descobriu que ele se mudou do edifício JK há muito tempo. Então, preocupada, ela fez contato com a PM pedindo ajuda, mas ninguém conseguiu encontrá-lo.

— Quer dizer que ela não sabe onde meu pai está morando agora?

— Isso mesmo. E vai ser difícil localizá-lo numa cidade do tamanho de Belo Horizonte sem nenhuma indicação. O que você pode fazer é esperar que ele faça contato com sua mãe e informe seu novo endereço.

— Eu vou ter de voltar para São Paulo sem conseguir conhecer meu pai?

— Acho que sim, Ricardo, não há outro jeito. Aliás, já fizemos contato com sua mãe, avisando que você foi encontrado. E ela, inclusive, já reservou uma passagem para você no aeroporto da Pampulha. Daqui a pouco um dos nossos homens vai levá-lo para lá.

— Mas eu não quero ir embora sem ver meu pai. Eu vou sair pra procurar por ele.

— Nada disso, Ricardo, não seja teimoso. Não há como encontrá-lo neste momento. Seja bonzinho e faça o que estou mandando. Nós somos responsáveis por sua segurança e vamos devolvê-lo a São Paulo.

— Mas que coisa! Quer dizer que fiz esta viagem até aqui à toa?

— À toa não. Essa confusão em que você se meteu é uma espécie de lição. Espero que você tenha aprendido alguma coisa com isso.

O Jogo do Camaleão 135

Ricardo balançou a cabeça, contrariado. Um homem de bigode, vestindo um colete com a inscrição "Polícia Federal", surgiu na porta da sala e interrompeu a conversa entre Lima e Ricardo:

— Com licença. Eu sou o Neves, encarregado de levar o menino até o aeroporto.

— Ah, que ótimo — disse Lima, olhando para Ricardo. — Pronto, rapaz, agora é hora de você voltar pra casa.

Ricardo levantou-se, apanhou sua mochila e, ainda exibindo uma expressão contrariada, despediu-se de Lima. O agente passou a mão na cabeça do menino e desejou-lhe boa viagem.

25. Uma surpresa para Ricardo

A VIATURA DA POLÍCIA FEDERAL percorreu velozmente as ruas da cidade em direção ao aeroporto da Pampulha. Seus dois ocupantes viajavam em silêncio. Ricardo ia olhando os prédios e as casas e imaginando em que lugar poderia estar morando agora seu pai.

Quando o carro atingiu a avenida Antonio Carlos, o homem ao volante olhou para Ricardo e sorriu. E falou pela primeira vez desde que haviam deixado o prédio da Polícia Federal:

— Você deve estar bem cansado depois dessa grande aventura, não é?

— Estou sim. Imagine que só consegui dormir um pouquinho ontem, durante a viagem para cá. Para falar a verdade, eu ainda não consegui parar pra pensar em tudo que me aconteceu desde que cheguei aqui.

— Aposto como você não esperava viver momentos tão agitados aqui em Belo Horizonte...

— Claro que não. Eu só vim até aqui para conhecer meu pai.

O Jogo do Camaleão

— Eu estou sabendo da sua história. Deve ser chato sair daqui sem ter conseguido isso.

— É verdade. Mas não há o que fazer agora. Ninguém sabe onde ele está morando.

O homem de bigode disse "hum, hum", como quem entedia a situação, e colocou um cigarro entre os lábios antes de dizer:

— De qualquer forma, espero que você ao menos tenha gostado da cidade.

Ricardo ficou pensativo por alguns segundos e depois respondeu:

— Com essa correria, eu nem tive tempo de conhecer a cidade. Foi tudo muito rápido.

— Que pena. Estou certo de que você ia gostar daqui. É bem diferente de São Paulo...

— É, deu pra sentir isso pelo pouco que vi. É uma cidade bonita, tranquila...

— Bom, não sei se a gente pode chamar esta cidade de tranquila. Com esse jeito pacato, ela acaba por nos enganar. Aliás, tudo na vida é assim: não se pode confiar nas aparências, não é mesmo?

Ricardo lembrou-se de Quico neste momento e concordou com o policial. O homem soprou a fumaça do cigarro, deu um sorriso e continuou falando:

— Eu sempre digo isso: não podemos confiar simplesmente naquilo que vemos. Precisamos ficar com um pé atrás o tempo inteiro: tem sempre alguém querendo que a gente acredite em coisas falsas.

— É, isso é verdade...

Neves parecia gostar de filosofar e Ricardo estava achando interessante conversar com ele. De repente, o homem olhou sério para Ricardo e disse:

— Por exemplo: neste momento você deve estar achando que eu sou um policial federal que o está conduzindo até o aeroporto, não é?

O garoto franziu a testa, sem compreender o que o homem queria dizer com aquela frase. Ele continuava sério, esperando uma resposta de Ricardo.

— Não estou entendendo o que...

— Eu só estou falando de como as aparências enganam. Diga a verdade: não é isso que você está achando? Que eu sou um policial encarregado de levá-lo ao aeroporto?

— E não é isso?

— Aí é que está o engano, Ricardo.

Pela primeira vez Neves o chamava pelo nome, provocando um sobressalto em Ricardo, que passou a olhar o homem com mais atenção.

— Por exemplo, Ricardo, se você der uma olhada aí atrás do carro, vai ver que as coisas podem ser bem diferentes do que parecem...

Ricardo sorriu, achando que aquilo era uma espécie de jogo. Mas, como o homem continuasse com a expressão séria, ele resolveu atender sua sugestão e, inclinando-se no assento, olhou para trás. O susto que tomou fez com que perdesse a fala: no chão do carro, espremido entre os bancos, havia um

O Jogo do Camaleão 139

homem de bigode, com as mãos algemadas e um esparadrapo na boca. E era impressionante a semelhança entre ele e Neves. Ricardo voltou a sentar-se, aterrorizado:

— Mas o que é isso?

— Ora, é apenas o verdadeiro Neves fora do ar por algumas horas.

— Espere aí, o que está acontecendo? — A voz de Ricardo demonstrava pânico. — Verdadeiro Neves? Ele está morto?

— Não, Ricardo, ele está apenas desacordado.

— Que brincadeira é esta? — Passou pela cabeça de Ricardo a ideia de saltar da viatura. Mas a velocidade com que seguiam pela avenida Antonio Carlos afastava completamente essa possibilidade.

O homem ao volante sorriu, enquanto atirava o cigarro pela janela. Em seguida, retirou lentamente o bigode postiço que estava usando e a peruca, revelando sua calvície acentuada.

— Mas, quem é você?

— As pessoas costumam me chamar de Camaleão.

— Meu Deus, o Camaleão... — Ricardo pensava em reagir, mas seu corpo parecia não querer obedecê-lo, paralisado pelo susto.

— Pois é, o Camaleão em mais um de seus disfarces perfeitos.

— Mas... mas o que você quer comigo?

— Não tenha medo, Ricardo, eu não vou machucá-lo. Eu só queria conversar um pouco com você. E pra isso tive de tomar o lugar do Neves verdadeiro, o que não foi difícil, meu rapaz. Aliás, enganar a polícia tem sido muito fácil para mim nos últimos anos.

Ricardo estava sem fala. E a voz do Camaleão soava calma, como se ele estivesse contando uma travessura para um amigo.

— Na verdade, eu iria conversar com você de qualquer maneira, mas aqueles paspalhos estragaram tudo. Infelizmente eu errei quando escolhi os meninos para as duas gangues.

— Duas gangues? — Ricardo cada vez entendia menos a conversa do homem.

— Ah, sim. Na verdade, um de meus disfarces preferidos é o de Professor. Faço isso há anos. Esse é o meu jogo. Sempre gostei de trabalhar com duas quadrilhas ao mesmo tempo, sem que nenhuma delas descobrisse que seus chefes eram a mesma pessoa. Assim, o meu lucro com os carros roubados é maior, pois a rivalidade entre as gangues faz com que uma queira sempre superar a outra.

— Meu Deus, então você é também o Professor?!

— Surpreso? Ha, ha, ha. Isso não é novidade: graças aos meus disfarces, eu posso ser quem eu quiser e ninguém consegue descobrir. Veja esse exemplo: entrei no prédio da PF, assumi o lugar deste panaca que está aí atrás e ninguém desconfiou de nada.

— Mas o que você vai fazer comigo? — Ricardo estava atordoado e percebeu que suas mãos suavam.

— Já falei que não vou fazer mal a você. Calma, Ricardo, eu só quero contar como desenvolvi esta minha arte de me transformar em qualquer pessoa.

Ricardo estava hipnotizado pela figura ao volante da viatura. O Camaleão continuou falando com a voz serena:

— Quando eu era jovem, participei de um grupo de teatro e aprendi a trabalhar com maquiagem. Percebi que eu era bom naquilo, mas, em vez de ficar ganhando migalhas com essa arte, descobri que ela podia ser mais bem aplicada em outros campos. De lá para cá, eu me aperfeiçoei e tenho me divertido muito fazendo a polícia de idiota, já que minha verdadeira face ninguém conhece. Hoje, eu sou invencível: a polícia nunca vai pôr as mãos em mim.

Absorto, Ricardo permaneceu ouvindo aquelas revelações em silêncio.

— Infelizmente, ninguém compreende que isso que faço é uma arte. Eu sou um artista, o mestre dos disfarces. — Os olhos do Camaleão brilhavam.

— Você não passa de um criminoso...

— Já vi que você também não me compreende, Ricardo. — O Camaleão balançou a cabeça enquanto falava.

— Compreender? Você deveria estar na cadeia.

— Você é igualzinho à sua mãe.

A frase provocou um arrepio na espinha de Ricardo, que sentiu suas pernas amolecerem. O Camaleão continuava olhando para ele.

— Minha mãe? Que sabe você dela?

— Ora, Ricardo, você parece tão inteligente... Não percebeu ainda?

— Não percebeu o quê?

— O fato de eu saber que você estava vindo para Belo Horizonte e ter pedido aos rapazes para apanhá-lo não lhe diz nada?

As coisas vinham à mente de Ricardo em ondas confusas, como num nevoeiro. Ele balançou a cabeça, negando-se a acreditar e, ao mesmo tempo, antevendo o que o homem ao seu lado ia dizer:

— Ricardo, eu sou o homem que você veio conhecer em Belo Horizonte: seu pai.

— Não, você não pode ser meu pai... — reagiu Ricardo, recusando-se a acreditar naquilo que acabara de ouvir. — Você é um criminoso...

— Chame como quiser. Você está se comportando exatamente como sua mãe no dia em que descobriu como eu ganhava a vida em São Paulo. Ela nunca aceitou a minha arte.

— Você está mentindo. Pare o carro ou eu vou saltar. — Ricardo estava pálido e tremia violentamente.

— Não faça nenhuma besteira. — O Camaleão tirou uma das mãos do volante e segurou o punho de Ricardo. — Eu só quero acabar de conversar com você; não vou lhe fazer mal.

— Você, meu pai? Ha, ha, ha! — O riso do menino era nervoso, como se ele estivesse fora de controle. — Isso é uma piada. Você é um bandido...

— Chame como você quiser, meu filho. Mas eu prefiro esta minha vida àquela que você e sua mãe levam em São Paulo. Eu acho que temos que usar nossas habilidades para ganhar dinheiro. E a minha grande especialidade sempre foram os disfarces, cada vez mais perfeitos.

O Jogo do Camaleão 143

Ricardo parou de rir e permaneceu olhando espantado para o Camaleão, sem saber o que dizer.

— Hoje eu sou capaz de assumir qualquer identidade. Nem sua mãe seria capaz de me reconhecer, Ricardo. Aliás, se ela não fosse tão orgulhosa poderia estar vivendo muito melhor ao meu lado.

— Ela sempre disse que você não prestava. Agora entendo o que ela quis dizer...

— Sua mãe não passa de uma tola, Ricardo. Ela nunca aceitou nem mesmo o dinheiro que ofereci para sua criação. Isso é orgulho dela, meu filho. Então ela que fique lá se matando de trabalhar.

— E o que você vai fazer comigo?

— Nada, Ricardo. Eu queria apenas conhecê-lo. Ontem sua mãe ligou para o meu antigo endereço, no edifício JK, avisando que você estava vindo para cá. Eu me mudei de lá faz anos, mas mantenho um informante naquele apartamento. Ele mentiu para ela, dizendo que não sabia onde eu poderia ser encontrado, mas me passou o recado. Aí eu incumbi o Vadão e sua turma de apanhá-lo na rodoviária. O resto você já sabe.

A viagem tinha chegado ao fim. A viatura estacionou na entrada do aeroporto da Pampulha. Nos últimos minutos do trajeto, Ricardo ficara em silêncio, com um monte de pensamentos embaralhando na cabeça. Sentia uma espécie de vazio. Como quando acaba um sonho e fica apenas aquela sensação enjoada de que alguma coisa se perdeu.

Ao mesmo tempo, ele lutava contra as lágrimas que insistiam em querer cair de seus olhos. Mas ele não ia chorar — não ali, naquela hora.

O Camaleão desligou o motor do carro e ficou olhando para ele:

— Muito bem, Ricardo, chegamos.

Ricardo ainda ficou por alguns momentos observando o homem ao seu lado sem saber o que dizer. Foi o Camaleão, mais uma vez, quem quebrou o silêncio:

— Posso pedir uma coisa? Eu gostaria que você me chamasse de pai, pelo menos uma vez.

Ricardo surpreendeu-se com o pedido. E ficou um longo tempo refletindo e encarando aquele rosto que nada tinha de familiar. Por fim, ele balançou a cabeça e disse:

— Não, eu não posso fazer isso. Você não é meu pai.

— Que pena que você pensa assim, Ricardo. Pelo jeito é tão orgulhoso quanto sua mãe. Você poderia vir morar comigo aqui em Belo Horizonte e ia levar uma vida bem melhor do que esta que você leva ao lado dela.

Ricardo apanhou sua mochila, abriu a porta da viatura e desceu. Quando bateu a porta do carro, o Camaleão tornou a falar:

— Você precisa decidir já, meu filho. Se mudar de ideia mais tarde, não vai mais conseguir me encontrar. É uma chance de melhorar de vida que eu estou lhe oferecendo. Você não quer ficar comigo?

A resposta de Ricardo foi o silêncio. Ele deu as costas

à viatura e caminhou decidido para a entrada do saguão do aeroporto. Depois de passar pelo balcão da companhia aérea e confirmar que havia uma passagem reservada em seu nome, Ricardo viu dois policiais conversando. Pensou em dirigir-se a eles, mas, antes disso, foi até a entrada do saguão e olhou para fora: a viatura da PF, agora vazia, continuava estacionada no mesmo lugar. Provavelmente Neves ainda estava desacordado na parte traseira, mas acabaria sendo encontrado por seus companheiros. O Camaleão, pensou Ricardo, já devia ter mudado de disfarce. E não adiantava tentar procurá-lo.

Ele permaneceu um longo tempo no mesmo lugar, olhando fixamente para um ponto indefinido. Até que uma mulher elegante, que trazia no colo um cão pequeno, vendo-o imóvel na entrada do saguão, aproximou-se e perguntou se ele estava se sentindo bem. Ricardo assustou-se com a pergunta:

— Hã, sim... Está tudo bem.

— Que bom — ela sorriu —, é que vendo você aí parado, eu pensei que poderia ter se perdido de seus pais...

Ricardo olhou demoradamente para o rosto da mulher. E, antes de responder, lembrou-se da mãe e do avô em São Paulo. Naquele momento, ele sentiu uma irresistível vontade de revê-los.

— Não, não. Eu sei muito bem onde eles estão — ele disse. E caminhou em direção ao balcão do aeroporto.

Quando o avião para São Paulo levantou voo, Ricardo fixou sua atenção nos prédios e nas casas que, aos poucos, foram diminuindo de tamanho. Estranhamente, ele se sentia aliviado. Apanhou a foto no bolso da calça e ficou olhando para o homem que aparecia ao lado da mãe, tendo um bebê em um carrinho à frente. Num gesto súbito, Ricardo rasgou a foto. E teve a certeza de que, dali em diante, o fato de viver sem um pai não iria ter importância nenhuma em sua vida.

Saiba mais sobre
Marçal Aquino

MARÇAL AQUINO NASCEU NA CIDADE DE AMPARO, no interior do estado de São Paulo, em 1958. Começou a escrever aos dezesseis anos no jornal de sua cidade natal e não parou mais. Formou-se em jornalismo pela Pontifícia Universidade Católica de Campinas (PUC-Campinas), em 1983. Embora tenha trabalhado em diversas atividades, fixou-se no jornalismo, sem nunca abandonar a literatura. Já ganhou vários prêmios literários, como o prêmio Jabuti (2000) com o livro de contos *O amor e outros objetos pontiagudos*, e hoje é considerado um dos autores de destaque da nova geração.

Um autor multifacetado

Três em um

Um dos expoentes da nova literatura brasileira, Marçal Aquino concilia três atividades profissionais — e prazeres — diferentes: o jornalismo, a literatura e o cinema.

Após se formar em jornalismo, em 1983, ele logo começou a trabalhar nos jornais da cidade de Amparo. Mudou-se para a capital paulista em 1985, onde foi revisor, repórter e redator de jornais como *A Gazeta Esportiva*, *O Estado de S. Paulo* e *Jornal da Tarde*.

Seu trabalho como autor de livros abrange a produção de contos, romances e novelas infantojuvenis. Seu estilo é carregado de ironia e influenciado por seu gosto pela literatura policial — e também por seu trabalho investigativo, herdado da experiência como jornalista.

Capa da edição publicada pela Ática desde 1992.

Para escrever, Marçal Aquino sempre começa com um caderno à mão. Após riscar e rabiscar a história várias vezes, vai para o computador. Geralmente, tem uma ideia para o começo da trama e vai descobrindo e desenvolvendo a história à medida que escreve. O mesmo vale para o público leitor: ele prefere não estabelecer logo de início a quem a obra se destina. "Primeiro, o livro tem de convencer a mim mesmo", afirma.

Estreia juvenil

A turma da rua Quinze é o primeiro romance de Marçal Aquino para jovens e foi originalmente publicado em 1989.

O autor considerou um desafio escrevê-lo, mas deu certo: o sucesso é comprovado pelas edições sucessivas do livro.

Roteirista de cinema e televisão

Marçal Aquino também faz sucesso com as adaptações de seus livros para roteiros de cinema e televisão. Entre os livros que roteirizou para as telonas estão: *Eu receberia as piores notícias dos seus lindos lábios* (2005), que virou filme com a atriz Camila Pitanga em 2012; *O Invasor* (2002); *Nina* (2004) e *Cão sem dono* (2007). Entre as séries para a TV, Aquino também assina o roteiro de *O caçador* (2014) e *Força tarefa* (2011). ●

Este livro foi composto nas fontes Rooney e Skola Sans e impresso sobre papel pólen bold 90 g/m².